Lilli
und die verzauberten Drachen

Carina Rozenfeld

Lilli
und die verzauberten Drachen

Aus dem Französischen
von Sophia Sonntag

Mit Bildern von Aljoscha Blau

TULIPAN VERLAG

1. Kapitel
Das Gewitter

»Ludwig XIV. wurde 1638 in Saint-Germain-en-Laye geboren. Fünf Jahre später starb sein Vater, Ludwig XIII. Da der junge König noch zu klein war, um Frankreich zu regieren, wurde seine Mutter, Anna von Österreich, Regentin. Weiß jemand, was eine Regentin ist? Nein? Niemand? Also, eine Regentin, das ist ...«

Frau Weißleins Stimme verlor sich allmählich in der Ferne. Lilli hörte nicht mehr zu. Sie hatte das Kinn in die Hände gestützt und schaute verträumt aus dem Fenster. Draußen lösten sich die rotgoldenen Herbstblätter von den Bäumen und schwebten sachte, eines nach dem anderen, auf den asphaltierten Schulhof. Lilli sah den Vögeln zu, die sich auf den Ästen eines Baumes direkt vor dem Fenster zusammendrängten. Wie so oft schweiften ihre Gedanken ab. Zwar interessierte sie sich eigentlich durchaus für Geschichte und die anderen Schulfächer. Aber sosehr sie sich auch bemühte, dem Redefluss von Frau Weißlein zu folgen, irgendwann schweiften ihre Gedanken immer wieder ab.

Schon früh hatte sie entdeckt, dass sie in ihrer Fantasie und in ihren Träumen ungehindert überallhin spazieren konnte, wann immer sie dazu Lust hatte – sogar in ausgedachte Welten, die es gar nicht gab.

Diese Fähigkeit war ihr schon oft sehr nützlich gewesen. Zum Beispiel, wenn ihre Mutter mit ihr schimpfte oder sie in der Schule nachsitzen musste. Lilli gehorchte, ohne zu murren, war aber im nächsten Augenblick mit den Gedanken schon wieder weit entfernt, unterwegs in ferne Welten, wo sie aufregende Abenteuer erlebte. Wo sie sich in Wirklichkeit gerade befand und warum, hatte sie derweil längst vergessen.

Dank ihrer lebhaften Fantasie fiel es ihr leicht, gute Aufsätze zu schreiben. Alle Lehrer lobten übereinstimmend Lillis Talent, Geschichten zu erzählen, eine Begabung, mit der sie glücklicherweise ihre mittelmäßigen Leistungen in den anderen Fächern ein wenig ausgleichen konnte.

In den Pausen langweilte sich Lilli nie. Zusammen mit ihrer besten Freundin Laura erfand sie die wildesten Abenteuergeschichten und dachte sich immer neue Rollenspiele aus, in denen die beiden Mädchen etwa eine Zeitreise ins düstere Mittelalter unternahmen oder verzauberte Kontinente und ferne Planeten entdeckten, die von seltsamen Wesen bevölkert wurden.

Allerdings hatte Lillis Neigung, sich bei jeder Gelegenheit in ihre Traumwelt zu flüchten, nicht nur Vorteile. So erfuhr sie zum Beispiel an diesem Tag nicht, was es mit einer

Regentin eigentlich auf sich hatte, denn sie ließ ihrer Fantasie wieder einmal freien Lauf. Ihre Gedanken wanderten zum Fenster hinaus, von Ast zu Ast, von Dach zu Dach und schließlich hinauf in den Himmel, an dem sich inzwischen bedrohlich dunkle Wolken zusammengeballt hatten.

Außerdem hatte sie sich mit ihrer schwärmerischen Art in der Schule nicht nur Freunde gemacht. Manche Mitschüler fanden sie kindisch und machten sich ständig über sie lustig. Besonders mit Franka hatte sie ihre liebe Not. Die ließ nämlich keine Gelegenheit aus, die ohnehin schüchterne Lilli zu verspotten. Immer wenn Franka sie wieder einmal piesackte, zog Lilli sich noch mehr in sich zurück und wünschte sich nichts sehnlicher, als auf der Stelle in ihre Fantasiewelt flüchten zu können.

Dann dachte sie an all die wunderbaren Geschichten, die sie gelesen hatte und die sie zum Träumen brachten: Da gab es zum Beispiel ein kleines Mädchen, das im hintersten Teil eines alten Kleiderschrankes den Eingang in eine magische Welt entdeckte, oder einen Jungen, der eine Zaubererschule besuchte, wo er in die Geheimnisse der Magie eingewiesen wurde und lernte, auf Besen zu reiten.

Natürlich träumte Lilli davon, ebensolche Geschichten zu erleben, eine von Elfen und Zwergen bevölkerte Welt zu entdecken oder mit einem Zauberteppich spannenden Abenteuern entgegenzufliegen.

Dabei war Lilli alles andere als einfältig und konnte Fantasie und Wirklichkeit durchaus unterscheiden. Trotzdem war sie fest davon überzeugt, dass die Leute, die all diese fantastischen Bücher geschrieben hatten, sich ihre Geschichten nicht nur ausgedacht haben konnten. Bestimmt hatte der eine oder andere schon einmal etwas Ähnliches erlebt oder gesehen ... Und so hoffte sie weiterhin, dass auch sie eines schönen Tages einen dieser magischen Momente erleben würde, um vielleicht später ein Buch darüber schreiben zu können. Es war ja schließlich nichts dabei, wenigstens darauf zu hoffen, dass einmal etwas Außergewöhnliches geschah!

Während Lilli ihren Tagträumen nachhing, setzte Frau Weißlein ihren langatmigen Vortrag fort. Da erlosch plötzlich die Deckenbeleuchtung des Klassenzimmers. Zuvor hatte sich der Himmel zusehends verdüstert, sodass die Schule auf einen Schlag im Halbdunkel versank. Frau Weißlein war – was selten vorkam – mitten im Satz verstummt. Ihr Mund stand vor Erstaunen weit offen.

Lillis Herz begann schneller zu schlagen. War nun endlich der Moment gekommen, auf den sie so lange gewartet hatte? Es sah beinahe so aus, denn die Klinke der Klassenzimmertür wurde auf einmal leise knirschend heruntergedrückt. Alle Schüler saßen wie versteinert da. In diesem Moment brach draußen mit gewaltigem Donnergrollen auch noch ein furchtbares Gewitter los. Das dämmrige Licht im Klassenraum wirkte nun noch bedrohlicher. Sogar Max, der Klassenclown, der für gewöhnlich keine Gelegenheit ausließ, den Unterricht zu stören, war verstummt.

Während es draußen heftig donnerte, wurde drinnen langsam die Tür aufgeschoben, und herein kam … Herr Zacharias. Herr Zacharias war der Schuldirektor, ein ziemlich kleiner und sehr magerer Mann mit einem dünnen Kinnbärtchen. Er war fast kahlköpfig, abgesehen von einem spärlichen Haarbüschel, das so aussah, als hätte er es sich wie ein zweites Bärtchen mitten auf den Kopf geklebt. In der Schule nannten ihn deshalb alle Doppelbart. Seine Erscheinung war weder furchterregend noch eindrucksvoll. Er war schlicht und einfach Herr Zacharias.

Lilli atmete tief durch. Sie hatte gar nicht gemerkt, dass sie die ganze Zeit die Luft angehalten hatte. Natürlich war sie wie so oft enttäuscht, dass wieder einmal nichts Außergewöhnliches geschehen war.

Herr Zacharias begrüßte Frau Weißlein mit einem kurzen Kopfnicken und rieb seine langen, dürren Finger aneinander.

»Guten Tag, Kinder. Bleibt doch bitte sitzen! Leider muss ich euch mitteilen, dass eben in der halben Stadt der Strom ausgefallen ist. Schuld daran ist das schreckliche Gewitter, das gerade über uns hinwegzieht.«

In diesem Augenblick durchzuckte ein gewaltiger Blitz den Schulhof und warf die riesenhaften Schatten von Herr Zacharias und Frau Weißlein an die Tafel. Unmittelbar darauf folgte ein ohrenbetäubender Donnerschlag. Alle fuhren zusammen, manche Kinder schrien erschrocken auf, und einige begannen zu schluchzen.

Herr Zacharias räusperte sich trocken, bevor er fortfuhr: »Es wird wohl ein paar Tage dauern, bis der Schaden behoben ist. Die Schule bleibt so lange geschlossen.«

Sofort war das Klassenzimmer, in dem eben noch Totenstille geherrscht hatte, von lautem Stimmengewirr und Freudengeschrei erfüllt. Lebhaftes Schwatzen übertönte den heftigen Regen, der jetzt gegen die Fensterscheiben prasselte. Max, wieder ganz der Alte, war auf sein Pult gestiegen und führte laut schreiend einen albernen Tanz auf.

Auch Lilli freute sich, aber es war nicht ihre Art, dies allzu offen zu zeigen. Schüchtern erwiderte sie das Lächeln ihres Banknachbarn Julius, der den feixenden Max beklatschte, und begann dann ihr Federmäppchen und ihre Hefte in den Ranzen zu räumen.

Da nicht alle Eltern über den ungewöhnlich frühen Schulschluss informiert werden konnten, mussten die Schüler bis 16:30 Uhr warten, bevor sie nach Hause gehen durften. In den Klassenzimmern waren Kerzen angezündet worden, aber ihr flackernder Schein vermochte kaum Licht in die hereinbrechende Dunkelheit zu bringen. Niemand konnte sich erinnern, je so tief hängende schwarze Wolken gesehen zu haben. Es regnete unaufhörlich, und den wild zuckenden Blitzen folgten immer wieder ohrenbetäubende Donnerschläge.

Die Schüler standen in kleinen Gruppen zusammen, schwatzten miteinander und warteten darauf, endlich nach Hause gehen zu dürfen. Lilli hatte sich im Schneidersitz auf ihr Pult gesetzt und unterhielt sich leise mit Laura. Frau Weißlein ging von einer Gruppe zur anderen und versuchte, die Kinder zu beruhigen. Herr Zacharias war schon wieder fort und machte die Runde durch alle Klassenzimmer, um die Neuigkeit zu verkünden.

»So ein dolles Gewitter hab ich noch nie erlebt!«, sagte Lilli leise zu ihrer Freundin. In der Klasse herrschte eine eigenartig gespannte Atmosphäre, sodass die Kinder nur zu tuscheln wagten. Außer Max natürlich, der schon wieder blöde Witze riss. Sein lautes Lachen hallte durch den ganzen Raum.

»Ja, das stimmt! Und es scheint auch gar nicht mehr aufzuhören«, bestätigte Laura nachdenklich. »Meinst du, da könnte vielleicht Zauberei dahinterstecken?«

Laura wusste nur zu gut, dass Lilli eine Expertin in diesen Dingen war, und so zog sie die Freundin schon beim geringsten Verdacht, dass etwas Ungewöhnliches im Gange sein könnte, zurate.

»Kann schon sein!«, erwiderte Lilli aufgeregt und rückte noch näher an ihre Freundin heran. Sie vergewisserte sich rasch, dass auch niemand zuhörte, und sagte dann: »Man könnte meinen, dass sich eine gewaltige Kraft genau über der Stadt entlädt ... Aber es ist weit und breit kein Wirbelwind zu sehen, deshalb bin ich mir nicht ganz sicher. In meinen Fantasy-Büchern treten magische Erscheinungen immer in Verbindung mit einem Wirbelwind aus schwarzen Wolken und Blitzen auf.«

»Vielleicht ist der Wirbelwind weiter weg, und man kann ihn nur von hier aus noch nicht sehen?«, gab Laura zu bedenken.

Lilli überlegte kurz.

»Ja, das könnte sein … Auf jeden Fall steckt irgendwas Merkwürdiges dahinter, und wir werden sicher schon bald wissen, was es ist.«

In diesem Augenblick war Frau Weißlein an die Mädchen herangetreten.

»Was werdet ihr sicher schon bald wissen, Lilli?«, erkundigte sich die Lehrerin freundlich.

Lilli zuckte zusammen. Sie war so ins Gespräch vertieft gewesen, dass sie Frau Weißlein gar nicht hatte kommen hören. Und nun musste sie etwas tun, wovor ihr graute – sie musste vor der ganzen Klasse Rede und Antwort stehen. Frau Weißlein lächelte freundlich und schenkte ihrer Schülerin einen aufmunternden Blick. Dieses Mal konnte Lilli sich nicht um die Antwort drücken – dreißig neugierige Augenpaare waren auf sie gerichtet! Ihr Verstand arbeitete auf Hochtouren. Natürlich konnte sie jetzt unmöglich die Wirbelwindgeschichte zum Besten geben. Doch dann hatte sie plötzlich eine Idee: »Ähm … wir haben eben darüber gesprochen, wie wir uns an Halloween verkleiden werden …«

»Das ist ja fein! Ihr zwei werdet also verkleidet in die Schule kommen?«

»Hmm, ja … natürlich«, erwiderte Lilli und wurde puterrot im Gesicht.

»Wer von euch feiert sonst noch Halloween?«, fragte Frau Weißlein, an die anderen Schüler gewandt.

»Max, du auch? Sehr schön!«

Endlich ging die Lehrerin zu einer anderen Schülergruppe hinüber. Lilli versuchte ihr heftiges Herzklopfen zu unterdrücken. Sie hasste es, vor der ganzen Klasse sprechen zu müssen und alle Blicke auf sich gerichtet zu sehen. Daher meldete sie sich auch nie, wenn sie die Antwort auf eine Frage von Frau Weißlein zu wissen glaubte. Zu groß war ihre Angst, etwas Falsches zu sagen, ins Stottern zu geraten und von den anderen ausgelacht zu werden.

Lillis Mutter machte sich in der letzten Zeit wegen der Schüchternheit ihrer Tochter zunehmend Sorgen. Um ihr die Redeangst zu nehmen, hatte sie vor Kurzem vorgeschlagen, Lilli in einem Theaterkurs anzumelden. Aber schon bei der Vorstellung, auf einer Bühne stehen zu müssen, hatte Lilli nächtelang kein Auge zugetan. Sie war von furchtbaren Albträumen geplagt worden, in denen sie splitternackt oder völlig verdattert auf der Bühne stand, weil sie ihren Text vergessen hatte, während das Publikum sich vor Lachen kugelte und mit dem Finger auf sie zeigte. Schaudernd schob sie den Gedanken beiseite und wandte sich erneut an ihre Freundin: »Uff! Ich hatte schon Angst, dass sie alles gehört hat.«

»Du hast jedenfalls super reagiert«, meinte Laura aufmunternd.

»Aber wie wollen wir dem Rätsel denn jetzt auf die Spur kommen?«

Lilli blieb keine Zeit, um zu antworten, denn hinter ihnen ertönte eine schnippische Stimme: »Na, das war ja eine tolle Ausrede! Eine Verkleidung für Halloween! Glaubst du, ich hätte deine dämliche Geschichte von dem Wirbelwind nicht gehört?«

»Lass uns gefälligst in Ruhe, Franka!«, schimpfte Laura.

Lilli seufzte tief. Es war doch immer dasselbe – ständig musste sich diese Nervensäge über sie lustig machen. Laura und sie versuchten immer, so gut es ging, dagegenzuhalten, aber Franka ließ nicht locker.

»Nein, ganz ehrlich! Ich finde Lillis Theorien über dieses Gewitter wahnsinnig spannend! Ein Wirbelwind hier bei uns, das ist echt stark!«

Franka krümmte sich vor Lachen.

»Ich wüsste nur zu gern, warum ich, wenn ich aus dem Fenster gucke, nur ein stinknormales Gewitter sehe – übrigens fällt deshalb heute ganz bestimmt mein Fußballtraining aus! Aber unsere dusselige Lilli rechnet natürlich damit, dass jeden Moment eine Armee von schrecklichen Monstern über uns herfallen wird. Und ich weiß auch, warum: Lilli sieht einfach zu viel fern und liest zu viel dummes Zeug!«

Franka grinste spöttisch. Einige Mitschüler schauten zu ihnen herüber und kicherten.

»Lilli hat keine Lust, mit dir zu reden, Franka«, sagte Laura laut. »Und vielleicht liest Lilli viel, aber du liest dafür viel zu wenig!«

»Jedem Tierchen sein Pläsierchen!«, gab Franka schnippisch zurück. »Eins steht jedenfalls fest, nämlich dass du komplett übergeschnappt bist, Lilli! Überall siehst du Hexen und Zauberer. Stattdessen solltest du dir zur Abwechslung vielleicht mal die aktuellen Fußballtabellen anschauen! Fehlt nur noch, dass du eines Tages mit Hut und Zauberstab in die Schule kommst!«

»Ja, ganz genau, und dann werde ich dich in eine fette Kröte verwandeln!«, versetzte Lilli wütend und wunderte sich im selben Moment, dass sie sich getraut hatte, Franka so heftig zu widersprechen. Normalerweise überließ sie das lieber Laura.

Franka zuckte mit den Schultern und schlenderte lässig auf ihren Platz zurück. Dabei formte sie mit den Händen über dem Kopf einen spitzen Zaubererhut.

»Sie geht mir so furchtbar auf die Nerven!«, jammerte Lilli. »Warum lässt sie mich nicht einfach in Frieden?«

»Ach, du weißt doch, wie sie ist. Sie will immer auffallen. Nicht umsonst muss sie jede Woche nachsitzen. Und dieses Jahr ist sie schon drei Mal ins Büro von Herrn Zacharias zitiert worden.«

»Du hast recht. Aber trotzdem …«, seufzte Lilli.

»Kümmere dich doch nicht um diese blöde Ziege. Sag mir lieber, wie du herausfinden willst, was es mit dem Gewitter auf sich hat. Das möchte ich zu gerne wissen!«

Lilli entspannte sich ein wenig. Jetzt war sie wieder ganz in ihrem Element. Sie warf einen Blick in den wolkenverhangenen Himmel und rückte näher zu Laura. Dabei achtete sie darauf, dass Franka, die sich mit einer Gruppe von Mitschülern unterhielt, nichts von dem hören konnte, was sie ihrer Freundin zu sagen hatte.

»Ich brauche deine Hilfe, Laura. Wenn du nach Hause fährst, musst du auf jedes noch so kleine Detail achten, das dir auffällt. Und morgen kannst du mir dann alles am Telefon berichten. Du wohnst ja schließlich auf dem Schwarzkatzen-Berg, und wie jeder weiß, können da, wo schwarze Katzen auftauchen, auch die Hexen nicht weit sein. Der Name des Berges kommt bestimmt nicht von ungefähr …«

Laura schauderte bei dieser Vorstellung. Sie versprach aber, aufmerksam alles zu beobachten, was um sie herum geschah.

Um halb fünf durften die Schüler endlich nach Hause gehen. Doch während sie an anderen Tagen lärmend nach draußen stürzten, verließen sie die Schule an diesem Nachmittag ungewöhnlich ruhig. Die düstere Atmosphäre und die dunklen Straßen, die nur spärlich vom Scheinwerferlicht der vorbeifahrenden Autos beleuchtet wurden, schüchterten die Kinder ein. Der Regen hatte mittlerweile zwar etwas nachgelassen, aber das Wasser stand noch immer knöcheltief auf den Straßen.

Heute verfluchte Lilli die Tatsache, dass sie ganz in der Nähe der Schule, gleich am anderen Ende der Straße wohnte. Selbst wenn sie ein wenig trödelte, würde sie auf dieser kurzen Strecke bestimmt nichts Außergewöhnliches zu Gesicht bekommen. Umso mehr hoffte sie auf Laura, die mit dem Bus nach Hause fuhr und dabei die ganze Stadt durchqueren musste. Obwohl sie es nicht weit hatte, kam Lilli völlig durchnässt zu Hause an. Das einzig Bemerkenswerte, was sie unterwegs gesehen hatte, waren die grinsenden Halloween-Masken in einigen Schaufenstern gewesen.

Sie stapfte in die vierte Etage zur Wohnung ihrer Eltern hinauf und hinterließ auf jeder Stufe eine Pfütze. Auf ihr Klopfen hin öffnete ihre Mutter die Tür.

»Hallo, mein Schatz, du bist ja klatschnass! Warum hast du denn deine Kapuze nicht aufgesetzt?«

Lilli drückte ihrer Mutter im Vorbeigehen einen feuchten Begrüßungskuss auf die Wange und beeilte sich, ihre nassen Sachen loszuwerden. Sie schlüpfte in eine bequeme Hose, streifte dann ihren dicken Kuschelpullover über und zog warme Socken an. Dann trocknete sie sich die Haare, schlüpfte in ihre gemütlichen Pantoffeln und lief Richtung Küche, wo ihre Mutter mit einer Tasse heißer Schokolade auf sie wartete.

Die Wohnung wurde vom Schein unzähliger Kerzen erhellt. Lilli hatte gar nicht gewusst, dass sie so viele Kerzen besaßen! Im Vorbeigehen warf sie einen kurzen Blick ins Wohnzimmer, das fast täglich umgeräumt wurde. Na, das ist doch immerhin mal etwas Ungewöhnliches, Lilli, werdet ihr sagen. Aber für Lilli gehörte das längst zum Alltag. Ihr

Vater war nämlich Designer und entwarf ziemlich ausgefallene Möbelstücke für reiche Sammler. Jedes Mal, wenn er einen neuen Sessel oder Beistelltisch mitbrachte, räumte er das gesamte Wohnzimmer um, um sein neuestes Werk im besten Licht betrachten zu können.

Im Schein der Kerzen warfen die Möbel seltsame Schatten: stachelige Kugeln, merkwürdige Dreiecksformen und ineinandergreifende Würfel. In einer Ecke meinte Lilli sogar einen Sessel in Drachenform zu erkennen. Der musste neu sein, denn Lilli hatte ihn noch nie gesehen. Er gefiel ihr sehr! In Gedanken verglich Lilli den Drachensessel mit der Vorstellung, die sie von diesem Fabelwesen hatte: Die Armlehnen sahen aus wie Flügel, auf der Rückenlehne thronte der Kopf. In der Dunkelheit konnte man sich leicht noch einen gezackten Schwanz hinzudenken!

Lilli nahm sich vor, ihren Vater zu seiner neusten Erfindung zu beglückwünschen, sobald er aus dem Atelier zurückkam.

»Lilli, komm und trink deine Schokolade, bevor sie kalt wird!«

Der Ruf ihrer Mutter riss sie jäh aus ihren Gedanken, und sie lief rasch in die Küche.

Während sie an ihrer heißen Schokolade nippte, berichtete Lilli aufgeregt von ihrem Tag in der Schule und eröffnete ihr strahlend, dass sie wegen des Stromausfalls einige Tage schulfrei bekommen hatten.

»Ich habe heute auch schon früher Schluss gemacht«,

sagte Lillis Mutter. »Alle Computer im Büro sind gleichzeitig ausgegangen. Niemand konnte weiterarbeiten.«

Lillis Mutter war Buchhalterin. Sie war den ganzen Tag damit beschäftigt, endlose Rechnungen zu prüfen – eine furchtbar langweilige Vorstellung, wie Lilli fand. Damit sie ihre dicken Ordner voller Zahlen nicht durcheinanderbrachte, musste die Mutter sehr ordentlich sein. Sie hatte zu Hause ein Arbeitszimmer, das niemand betreten durfte. Schon gar nicht Lillis Vater, mit seiner Manie, ständig alles umzuräumen.

Als Lilli, schön aufgewärmt von dem heißen Kakao, gerade vom Tisch aufstehen wollte, hielt die Mutter sie zurück.

»Einen Moment noch …«

Lillis Herz begann wie wild zu pochen. Das hatte sie ja vollkommen vergessen …

»Ich habe den Brief von Frau Weißlein gelesen, den du heute Morgen auf den Tisch gelegt hast.«

»Ach ja …«

Lilli ließ sich wieder auf ihren Stuhl zurückfallen und verdrehte die Augen. Am Vortag hatte Frau Weißlein sie an der Klassentür abgefangen und ihr einen Brief für ihre Eltern mitgegeben. Aber als Lilli nach Hause gekommen war, hatte sie ein Geschenk auf ihrem Bett vorgefunden: Ihr Vater hatte ihr ein altes, wunderschön illustriertes Märchenbuch über Fabelwesen und Ungeheuer mitgebracht. Und darüber hatte sie dann den Brief ganz vergessen.

Erst am Morgen, als sie ihre Schultasche gepackt hatte, war ihr der Umschlag wieder in die Hände gefallen. Sie hatte ihn unauffällig auf den Küchentisch gelegt und sich schnell auf den Weg in die Schule gemacht, bevor ihn die Mutter entdeckt hatte. Aber jetzt gab es wohl kein Ausweichen mehr …

»Frau Weißlein beklagt in dem Brief schon wieder, dass du ständig abgelenkt bist und in den meisten Fächern nur mittelmäßige Leistungen bringst. Sie schreibt allerdings auch, dass sie in Deutsch sehr zufrieden mit dir ist, ganz besonders mit deinen Aufsätzen. Aber das reicht nicht, Lilli! Wir wissen beide, dass du das besser kannst.«

»Aber Mama …«

»Kein Aber, Lilli. Wie oft haben wir schon darüber gesprochen? Dass du gerne träumst und dir Geschichten ausdenkst, ist völlig normal für ein Mädchen in deinem Alter. Übrigens bist du da deinem Vater sehr ähnlich. Aber deine Fantasie darf dir beim Lernen nicht im Weg stehen, Lilli. Du musst diese beiden Bereiche auseinanderhalten. Hier und heute werden nämlich die Weichen für deine Zukunft gestellt. Und ohne eine gute Schulbildung wirst du später beruflich nie das machen können, was du dir wünschst.«

»Aber ich will doch Schriftstellerin werden! Und ich bin sehr gut im Aufsatzschreiben!«

»Lilli, jetzt hör mal gut zu! Du weißt genau, wovon ich rede. Ich habe nichts dagegen, dass du Schriftstellerin werden willst, aber alle großen Schriftsteller sind zuerst in die

Schule gegangen, um sich zu bilden. Du musst noch sehr viel lernen. Und ohne ein gutes Allgemeinwissen wären deine Bücher mit Sicherheit schrecklich oberflächlich.«

Lilli senkte niedergeschlagen den Kopf. Was ihre Mitschüler über mittelalterliche Geschichte wussten, das wusste sie über Märchen und magische Welten. Aber sie spürte, dass sie ihre Mutter damit nicht überzeugen konnte. Sie seufzte tief. Die Mutter strich ihr über den Kopf.

»Pass mal auf, mein Schatz, ich verlange ja nicht, dass du die Klassenbeste wirst. Das war ich auch nie. Aber ich möchte, dass du dir wenigstens etwas mehr Mühe gibst. Ich kann nicht tatenlos mit ansehen, dass meine Tochter sich ihre Zukunft verbaut. Und wenn es sein muss, nehme ich dir deine Fantasy-Bücher eben eine Zeit lang weg.«

»Neiiin!«, protestierte Lilli entrüstet. »Die hat Papa mir geschenkt!«

»Ich weiß, und ich werde mit ihm auch noch ein ernstes Wörtchen darüber reden. Dieser Stromausfall kommt wie gerufen! Jetzt hast du ein wenig Zeit, um nachzudenken und gute Vorsätze zu fassen. Nächstes Jahr kommst du in die fünfte Klasse, und wenn du dir nicht bald eine vernünftige Arbeitshaltung angewöhnst, ist es irgendwann zu spät. Hast du mich verstanden, Lilli?«

»Ja, Mama …«

»Sehr gut, mein Liebling. Ich bin sicher, dass du dich für das Richtige entscheiden wirst.«

Ohne ein weiteres Wort stand Lilli auf und trottete aus

der Küche. Die Standpauke ihrer Mutter hallte in ihrem Kopf nach. Sie musste zugeben, dass es ihr eigentlich keinen Spaß machte, eine schlechte Schülerin zu sein. Aber dass Mama ihr deshalb gleich unterstellte, aus ihr würde nichts werden, war richtig gemein. Und dass sie ihr die Bücher wegnehmen wollte, war wirklich das Allerletzte!

Manchmal war es ganz schön schwierig, klein zu sein. Immer sollte man es den Eltern und Lehrern recht machen! Und was man selber wollte, interessierte keinen so richtig. Jetzt würde sie zuerst einmal das Kapitel aus dem tollen Buch zu Ende lesen, das Papa ihr gestern Abend mitgebracht hatte. Nur ein klitzekleines Kapitel! Danach würde sie sich auch ganz bestimmt das olle Geschichtsbuch vornehmen …

Voller guter Vorsätze beschloss Lilli, zunächst ihre Taschenlampe zu holen, mit der sie manchmal heimlich unter der Bettdecke las, wenn sie eigentlich schon schlafen sollte. Da läutete das Telefon. Lilli lief hin und warf im Vorbeigehen einen Blick ins Wohnzimmer. Dort waren die Kerzen inzwischen fast völlig heruntergebrannt, und es war ziemlich dunkel im Raum. Den Drachensessel, der ihr vorhin aufgefallen war, konnte sie nun gar nicht mehr erkennen. Lilli nahm den Telefonhörer ab. Am anderen Ende meldete sich Laura.

»Ich habe keinen Wolkenwirbel gesehen«, erzählte sie aufgeregt, »dafür aber Dutzende von Raben, die durch den Regen geflogen sind. So viele auf einmal hab ich noch nie gesehen! Sie zogen immer wieder ihre Kreise über der Stadt.«

»Raben? Das ist ja wirklich eigenartig!«, sagte Lilli und kratzte sich am Kinn. »Ich werde mal nachschauen, ob ich darüber in einem meiner Bücher etwas finde. Ich ruf dich dann zurück. Bis später!«

Nachdenklich legte Lilli den Hörer auf. Ein Rabenschwarm? Da war doch bestimmt etwas im Gange! Sie war sich ganz sicher. Aber was? Sie erinnerte sich, dass sie in einem ihrer Bücher über Zauberei etwas über Rabenschwärme gelesen hatte. Aber welches Buch war das bloß gewesen? Lillis gute Vorsätze waren mit einem Mal wie weggeblasen. Ludwig XIV. konnte warten, bis sie das richtige Buch gefunden hatte!

Als sie vor ihrer Zimmertür angekommen war, hielt sie einen Moment verwirrt inne und überlegte: Seltsam, ich bin sicher, dass ich die Tür vorhin offen gelassen habe!

Sie drückte die Klinke herunter und betrat zögernd ihr Zimmer. Es herrschte absolute Finsternis darin, alle Kerzen waren erloschen. Reflexartig tippte Lilli auf den Lichtschalter neben der Tür.

»Mensch, bin ich blöd«, murmelte sie dann halblaut, denn es gab ja gar keinen Strom. Sie streckte die Arme aus und tastete sich Schritt für Schritt vorwärts, um sich nicht an den Möbeln zu stoßen. Vorsichtig bewegte sie sich in Richtung Nachttisch, wo sie ihre Taschenlampe versteckt hatte. Plötzlich zuckte sie zusammen. Ihre Hände hatten einen harten, warmen Gegenstand gestreift. Sie stieß einen unterdrückten Schrei aus und verschränkte instinktiv die Hände auf dem Rücken. Einige Minuten lang wagte sie nicht, sich von der Stelle zu rühren. Ihr Atem ging stoßweise, und sie wusste nicht, was sie tun sollte.

Nach einer Weile fasste sie sich ein Herz und streckte die Hand erneut in die Dunkelheit aus. Suchend tastete sie sich vorwärts. Doch da war nichts mehr.

»Irgendetwas Merkwürdiges geht hier vor«, flüsterte Lilli, um die drückende Stille zu unterbrechen. Dann kam ihr auf einmal eine Idee: »Papa, bist du das?«, rief sie. »Hast du neue Möbel in mein Zimmer gestellt?«

Aber stattdessen antwortete ihr Mama aus dem Arbeitszimmer: »Hast du was gesagt, mein Schatz?«

»Nein, alles in Ordnung!«, erwiderte Lilli. Jetzt war sie wieder ruhiger. »Es ist nur … die Kerzen in meinen Zimmer sind ausgegangen.«

»Ich habe dir eine Schachtel Streichhölzer und neue Kerzen auf deinen Schreibtisch gelegt, Lilli!«, rief die Mutter.

»Danke, Mama!«

Lilli wandte sich nach rechts, wo ihr Schreibtisch stand. Dong! Jetzt war sie schon wieder gegen dieses warme Ding gestoßen!

»Wer ist da?«, fragte sie mit zitternder Stimme. Ihr Herz klopfte vor Angst so laut, dass es in ihren Ohren widerhallte.

Plötzlich leuchtete oben an der Zimmerdecke, genau über ihrem Kopf, ein spärliches Licht auf. Es war ein Flämmchen, das immer heller wurde, bis es eine riesenhafte Silhouette beleuchtete, die fast das ganze Zimmer ausfüllte.

Lillis Beine gaben nach, und ihr Herz schien zerspringen zu wollen. Jetzt züngelte auch noch eine zweite Flamme neben der ersten hervor. Und dann erkannte Lilli, was da vor ihr stand: Es war ein Drache! Ein gigantisch großer Drache. Er war so groß, dass er bis an die Zimmerdecke hinaufragte. Und die beiden Flammen, die jetzt den Raum erhellten, züngelten gleichmäßig aus seinen Nasenlöchern hervor. Der Drache beugte sich zu Lilli hinunter, die aschfahl im Gesicht geworden war, und lächelte sie unter seinem Schnurrbart freundlich an: »Guten Tag, Lilli!«

2 Kapitel
Ein Drache im Zimmer

Bestimmt wäre Lilli in diesem Moment auf der Stelle in Ohnmacht gefallen, hätte sie nicht so viele Fantasy-Geschichten gelesen und nicht immer schon davon geträumt, früher oder später auch einmal etwas Ähnliches zu erleben.

So aber fasste sie sich schnell, holte tief Luft, schluckte ein paarmal und erwiderte dann kaum hörbar: »Guten Tag …«

Der Drache entblößte lächelnd eine Reihe spitzer weißer Zähne und zwirbelte seinen Schnurrbart um eine seiner spitzen Krallen. Dann beugte er sich noch tiefer zu Lilli hinunter, um mithilfe seiner beiden Flammen die Kerzen anzuzünden, die auf ihrem Schreibtisch standen.

»Du bist doch Lilli, oder?«

»Ja, die bin ich«, flüsterte das Mädchen, eingeschüchtert von dem gewaltigen Drachenschädel, der sich jetzt in unmittelbarer Nähe seines Gesichtes befand. Eine kleine schwarze Rauchsäule stieg aus den Nüstern des Drachen auf. Gleichwohl sah er es aus seinen grünen, leicht hervortretenden Augen freundlich an.

»Ich heiße Aristobül.«

»Aha …«

Lilli wusste nicht so recht, was sie antworten sollte. Mit einem echten Drachen hatte sie bislang ja noch nie zu tun gehabt! Sie war zwar immer davon ausgegangen, dass Drachen mächtig große Biester waren, die Schuppen hatten und Feuer spucken konnten – eine Annahme, die sich nun zweifelsfrei bestätigt hatte. Außerdem erzählte man sich, dass sie in ihren dunklen Grotten Schätze hüteten und manchmal zum Zeitvertreib die eine oder andere schöne Prinzessin entführten, um dann gegen tapfere Prinzen zu kämpfen. Diese Vermutung ließ sich im Moment allerdings noch nicht überprüfen.

Lilli fuhr sich unschlüssig über die Stirn, schob sich eine widerspenstige Haarsträhne hinters Ohr und sah sich dann den seltsamen Besucher, der fast ihr gesamtes Zimmer ausfüllte, etwas genauer an. Sein prächtiger Schuppenpanzer schillerte bläulich grün im Licht der Flammen. Sie fragte sich, ob sie nicht vielleicht träumte. War sie in Wirklichkeit etwa immer noch in der Schule? Schlief sie in diesem Moment auf ihrem Schreibpult, während Frau Weißlein ihren endlosen Vortrag über Ludwig XIV. hielt? Genau das war Lilli nämlich schon einmal in einer besonders langweiligen Erdkundestunde passiert – sie war eingeschlafen und hatte vom Elfenland geträumt. Zur Strafe hatte sie nachsitzen müssen. Sie kniff sich fest in den Oberschenkel und musste die Zähne zusammenbeißen, um nicht laut »Autsch!« zu schreien. Sie schlief also nicht! Jetzt wollte sie wirklich wissen, was dieser Drache in ihrem Zimmer verloren hatte. Sie räusperte sich und fragte zaghaft: »Ähem, was kann ich für Sie tun, Herr Aristobül?«

»Du brauchst nicht ›Herr‹ zu mir zu sagen, Lilli! Ich bin als Freund gekommen. Und was du für mich tun kannst? Ganz einfach: Du sollst das Volk der Drachen retten.«

Das war jetzt doch ein bisschen zu viel für Lilli. Sie ließ sich in einen Sessel fallen und überlegte fieberhaft. Zwar wusste sie jetzt, dass sie nicht träumte. Aber es war ja auch denkbar, dass ihr jemand einen üblen Streich spielen wollte. Ihre Vorliebe für fantastische Geschichten war beileibe kein Geheimnis! Vielleicht hatte sich also irgendjemand ein tolles Drachenkostüm beschafft und tischte ihr gerade eine aberwitzige Geschichte auf, um sich über sie lustig zu machen. Am liebsten hätte sie den Drachen auch gekniffen, aber dann ließ sie es. Was, wenn er nun doch echt war?

Lilli schloss für einen Moment die Augen. Ob der Drache wohl immer noch da war, wenn sie wieder hinsah? Sie blinzelte vorsichtig … und tatsächlich – da war er noch! Inzwischen hatte er einen riesigen Zahnstocher hervorgezaubert und war damit beschäftigt, sich sorgfältig die Eckzähne zu säubern. Er sah ein wenig ungeduldig aus.

»Ich kann mir vorstellen, dass dir das alles etwas merkwürdig vorkommt, Lilli«, begann er, »aber ich habe leider nicht viel Zeit. Wenn du dich vielleicht etwas schneller entscheiden könntest, käme mir das sehr entgegen …«

Jetzt wurde es Lilli aber wirklich zu bunt! Sie sprang auf und stemmte empört die Hände in die Hüften.

»Na hören Sie mal, Sie Drache, Sie! Da landen Sie einfach so ohne Vorwarnung bei mir zu Hause und jagen mir einen Riesenschreck ein! Und dann verkünden Sie, ohne mit der Wimper zu zucken, dass ich mitkommen soll, um das Volk der Drachen zu retten. Was haben Sie denn da erwartet? Dass ich vor Freude Luftsprünge mache und einen gepackten Koffer unterm Bett hervorziehe?«

Aristobül beugte sich wieder zu Lilli hinunter. Ein breites Lächeln umspielte seine Schnauze.

»Oho, sieh an, sieh an! Wie temperamentvoll du bist! Das gefällt mir! Genau das, was wir brauchen!« Dann wurde er wieder ernst und fuhr fort: »Natürlich kann ich verstehen, dass du ein wenig überrascht bist, Lilli, aber wir haben wirklich keine Zeit zu verlieren. Wenn du also bereit wärst, uns zu helfen, würde mich das außerordentlich freuen! Und wenn nicht, nun, das wäre sehr betrüblich, aber in diesem Fall müsste ich wohl jemand anderen für diese ehrenvolle Aufgabe suchen.«

Lilli sah dem Drachen tief in die grün schimmernden Augen und runzelte die Stirn. Nun wartete sie schon so lange darauf, dass endlich einmal etwas Aufregendes in ihrem Leben geschah. Da würde sie doch jetzt nicht auf diese einmalige Gelegenheit verzichten! Hier war der lebendige Beweis dafür, dass es die magische Welt, an die sie immer geglaubt hatte, tatsächlich gab! Das Buch, das sie schreiben wollte, nahm vor ihrem geistigen Auge immer mehr Gestalt an … Außerdem würde sie ihrer Mutter jetzt endlich beweisen können, dass sie sehr wohl zu etwas zu gebrauchen war: Sie war dazu bestimmt, das Volk der Drachen zu retten! Für ein verträumtes zehnjähriges Mädchen war das ja wohl allerhand!

Natürlich hatte sie noch keine Vorstellung davon, wie sie diese Aufgabe erfüllen sollte, aber sie war überzeugt, dass Aristobül ihr noch erklären würde, was zu tun war. Und mit all ihrem Fachwissen, das sie sich über die Welt der Drachen und Zauberer angelesen hatte, würde sie diese Herausforderung schon meistern! Binnen weniger Stunden hätte sie des Rätsels Lösung bestimmt gefunden. Danach würde sie still und heimlich nach Hause zurückkehren, bevor jemand ihre Abwesenheit bemerkt hatte. Vielleicht könnte sie Aristobül ja bei dieser Gelegenheit auch gleich ihrer Mutter vorstellen! Und beweisen, dass ihr Wissen in Geschichte zugegebenermaßen etwas lückenhaft war, sie aber dafür das Volk der Drachen gerettet hatte, was sicher den wenigsten ihrer Mitschüler gelungen wäre. Sie malte sich schon aus, dass sich die Mutter bei ihr entschuldigen würde, weil sie ihr so wenig zugetraut hatte. Und ihre schlechten Noten würde ihr dann auch niemand mehr vorhalten können!

Entschlossen öffnete Lilli den Kleiderschrank und kramte ihren Rucksack hervor. Nachdem sie rasch ein paar warme Sachen ausgewählt hatte, packte sie auch noch einen

Sommerrock und ein paar T-Shirts ein, denn man konnte ja nicht wissen, was für ein Wetter derzeit im Drachenland herrschte. Nachdem sie alles im Rucksack verstaut hatte, schlüpfte sie in ihre Turnschuhe und zog eine Regenjacke über. Schließlich klaubte sie hastig noch einige Kissen zusammen, stopfte sie unter ihre Bettdecke und schob das Bündel so zurecht, dass es im Halbdunkel aussehen musste, als ob sie friedlich in ihrem Bett lag und schlummerte – für den Fall, dass Lillis Mutter auf die Idee kam, nach ihrer Tochter zu schauen. Als sie fertig war, wandte sie sich fragend an Aristobül.

»Und was machen wir jetzt?«

Der Drache, der sich in der Zwischenzeit geduldig die Krallen gefeilt hatte, ließ die Feile rasch wieder verschwinden und zwinkerte ihr zu.

»Du steigst auf meinen Rücken, und los geht's!«

Lillis Blick wanderte misstrauisch über die schillernden Schuppen, die den ganzen Drachenkörper bedeckten, und blieb dann an den Rückenstacheln hängen, die vom Nacken bis zur Schwanzspitze verliefen.

Aristobül schien ihre Gedanken erraten zu haben und beeilte sich zu versichern: »Keine Sorge, es tut nicht weh.«

Und tatsächlich, sobald Lilli rittlings auf seinem Rücken saß, stellte sie erleichtert fest, dass die Stacheln weit genug auseinanderlagen. Sie konnte bequem dazwischen sitzen, ohne sich zu verletzen. Als sie dort oben thronte, hatte sie das Gefühl, auf einem riesigen, nicht ganz prall gefüllten

Gummiballon zu sitzen, der mit einer dicken Schicht rauer Schuppen überzogen war. Aristobüls Flanken fühlten sich angenehm warm an.

Der Drache vergewisserte sich, dass Lilli bequem und sicher auf seinem Rücken saß, und öffnete dann das Fenster. Lilli fragte sich, wie sie durch die winzige Öffnung hindurchpassen sollten, denn Aristobül war viel zu groß. Bei diesem Gedanken wurde ihr wieder ein wenig mulmig zumute und ihr Herz begann erneut schneller zu schlagen. War es vielleicht nicht doch etwas gewagt, sich auf dem Rücken eines fremden Drachen einfach so ins Abenteuer zu stürzen?

Aber ihr blieb keine Zeit, Aristobül ihre Bedenken mitzuteilen oder gar ihre Meinung zu ändern, denn schon befanden sie sich draußen, mitten im strömenden Regen. Der Drache entfaltete seine Flügel und stieg pfeilschnell in den Himmel hinauf. Lilli sah, wie sie sich immer weiter von ihrer Heimatstadt entfernten, die unter ihnen in der Dunkelheit lag. Ein Rabenschwarm umkreiste die beiden, um sie vor den neugierigen Blicken etwaiger Passanten zu schützen. Auf einmal begriff Lilli, warum sie am Nachmittag so viele Raben am Himmel gesehen hatten. Laura würde sich wundern, wenn sie das erfuhr!

Lilli wusste nicht, wie lange sie schon auf dem Rücken des Drachen dahinflog. Nachdem sie die schwarze Wolkendecke durchbrochen hatten, war der Rabenschwarm hinter ihnen zurückgeblieben und hatte sie allein weiterziehen lassen.

Aristobül schlug regelmäßig mit seinen kräftigen Flügeln und schien kein bisschen müde zu werden. Lillis Beine fingen jedoch allmählich an zu kribbeln, und sie begann unruhig auf dem Drachenrücken hin und her zu rutschen. Die Sonne stand schon hoch am Himmel und tauchte die Wolken in rotgoldenes Licht.

»Wie schön das aussieht!«, rief Lilli begeistert.

Aristobül wandte sich zu ihr um und lächelte.

»Nicht wahr? Übrigens – wir sind bald da. Schau mal dort drüben!«

Lilli musste sich ein wenig aufrichten, um besser sehen zu können. Sie befanden sich in einem Meer von Schäfchenwolken, die aussahen wie riesige Sahnebaisers. Plötzlich teilten sich die Wolken, und Lilli bot sich ein atemberaubender Anblick: Vor ihnen erhob sich eine Insel, die am Himmel zu schweben schien. Sie wurde von einem gewaltigen Gebirge überragt, dessen Hänge von üppigem Grün durchzogen waren. In Gipfelnähe gab es zahlreiche Wasserfälle, die in der untergehenden Sonne lustig glitzerten. Lilli beobachtete fasziniert, wie die Wassermassen über schroffe Felswände in die Tiefe hinabstürzten, sich auf einigen tiefer gelegenen Felsplateaus sammelten und von dort in tausend kleinen Bächen die Hänge hinunterströmten.

Vom Fuß des Gebirges stiegen Rauchsäulen auf, aber einige tief hängende Wolken verdeckten den Blick ins Tal, sodass man nicht erkennen konnte, was für eine Art Siedlung sich darunter verbarg. Rundherum erstreckte sich der endlose blaue Himmel, der bis in Lillis Welt hinüberreichte.

Dem Mädchen war ein wenig schwindelig geworden. Wie konnte eine Insel mit einem so gigantischen Gebirge einfach in der Luft schweben? Das widersprach eindeutig den Gesetzen der Schwerkraft! Doch dann besann sich Lilli darauf, dass sie gerade auf dem Rücken eines Drachen durch die Lüfte flog, und sie beschloss, den Gedanken an die Schwerkraft vorerst beiseitezuschieben. Aristobül hatte jetzt das Tempo deutlich erhöht und flog, den Wind im Rücken, so schnell er konnte, auf seine Heimat zu.

Lilli konnte aus der Luft einen Dorfplatz erkennen, auf dem ein Brunnen in Form eines Wasser speienden Drachen munter vor sich hin plätscherte. Der Platz war gesäumt von gepflegten alten Fachwerkhäusern, deren Holzbalken allerdings schon ein wenig verwittert wirkten. Auf den Fensterbänken blühten üppige rote Geranien in hübschen Tontöpfen. Mehrere gepflasterte, blitzsaubere Gässchen führten durch das Dorf hindurch und schlängelten sich dann den Berghang hinauf. Dort oben entdeckte Lilli noch weitere Häuser mit spitzen Giebeln und schimmernden Dachziegeln. Sie hielt den Atem an: Der Platz, auf den Aristobül zusteuerte, war von mehreren riesigen Drachen bevölkert!

Im nächsten Moment landete Aristobül mitten auf dem Dorfplatz. Seine Krallen erzeugten ein lautes Scharren auf den blanken Pflastersteinen. Die anderen Drachen sahen einen Moment lang zu den Neuankömmlingen hinüber und kamen dann alle auf sie zugelaufen. Lilli kauerte sich ängstlich auf Aristobüls Rücken zusammen. Wie sie es hasste, im Mittelpunkt zu stehen und alle Aufmerksamkeit auf sich zu ziehen! Dabei war es ihr letztlich einerlei, ob sie von ihren Mitschülern angestarrt wurde oder von einer Horde neugieriger Drachen.

In der Schar, die sie umringte, gab es Drachen in unterschiedlichen Größen und – was noch viel erstaunlicher war – auch in allen erdenklichen Farben: Da waren rote, rosafarbene, gelbe, grüne, blaue und sogar goldene Drachen. Lilli hätte sich so etwas nie zuvor träumen lassen.

Endlich bahnte sich ein gewaltiger Drache mit dunkelgrünen, fast schwarzen Schuppen einen Weg durch die neugierige Menge. Er trug einen riesigen Zylinderhut, der wie ein Turm aussah und wirkte, als sei er auf seinem Kopf festgeschraubt worden.

»Aristobül, endlich bist du zurück! Und wie ich sehe, hast du die kleine Lilli mitgebracht.«

Der Drache machte eine Verbeugung und streckte dann seine Klaue aus, um ihr von Aristobüls Rücken herunterzuhelfen.

»Darf ich mich vorstellen: Ich bin Gedeon, der Bürgermeister von Schwefelstein, unserer kleinen Drachenstadt. Ich habe die Ehre, dich im Namen aller Drachen herzlich willkommen zu heißen.«

Er verbeugte sich erneut vor Lilli.

Auf einmal sah sich das Mädchen von etwa fünfzig riesigen, farbenprächtigen Drachen umringt, die immer näher rückten, um es besser betrachten zu können. Da es sich angesichts dieser riesenhaften eigenartigen Geschöpfe sehr winzig und recht beklommen fühlte, wagte es nicht zu antworten.

Glücklicherweise gab Gedeon schließlich ein Zeichen, sodass die Schaulustigen ein wenig zurücktraten und den Blick auf ein großes, rosa getünchtes Haus mit einem Turm freigaben, das sich auf der gegenüberliegenden Seite des Platzes befand. Aristobül legte behutsam eine Klaue auf Lillis Schulter und ermunterte sie, Gedeon, der geschäftig vorausgeeilt war, zu folgen. An der Fassade des Gebäudes prangte ein Schild, auf dem in kunstvollen Lettern RATHAUS geschrieben stand. Mit Erstaunen bemerkte Lilli am Turm des Rathauses eine überdimensional große Uhr, die seltsamerweise ein gutes Dutzend Zifferblätter besaß. Noch seltsamer war die Tatsache, dass manche Zifferblätter weit mehr als zwölf Zahlen aufwiesen. Außerdem bewegten sich einige Zeiger gegen den Uhrzeigersinn.

Lilli nahm sich vor, dem Geheimnis dieser merkwürdigen Uhr bei einer späteren Gelegenheit auf den Grund zu gehen. Indessen folgte sie dem Bürgermeister und trat durch das mächtige Portal des Rathauses in eine kühle, dunkle Eingangshalle. Die hohen Mauern waren mit großflächigen Malereien verziert, welche die unterschiedlichsten Szenen zeigten: Drachen, die in gewaltigen Schlachten kämpften,

Drachen bei der Besteigung eines mächtigen Gebirges und Drachen mit Einhörnern bei der Unterzeichnung eines Friedensabkommens. Gedeon erläuterte seinem kleinen Gast die Geschichte der Drachen anhand der dargestellten Szenen. Er schloss seinen Vortrag mit den Worten, dass die Kenntnis der Geschichte deshalb so wichtig für ihn sei, weil die Erfahrungen, die die Drachen im Laufe der Jahrhunderte gemacht hatten, ihm dabei halfen, Schwefelstein möglichst umsichtig zu regieren.

Eine zierliche malvenfarbene Drachendame mit langen Wimpern kam ihnen entgegen. Gedeon ergriff sie bei der Klaue, lächelte sie liebevoll an und sagte: »Darf ich vorstellen: Das ist meine Frau Mimibel. Sie hat dir ein Zimmer hergerichtet, in dem du für die Dauer deines Aufenthaltes hier in Schwefelstein wohnen kannst. Ich überlasse dich jetzt ihrer Fürsorge! Wir sehen uns dann heute Abend beim Bankett.«

Mimibel lächelte Lilli freundlich an und entblößte eine Reihe spitzer Zähne.

»Herzlich willkommen! Es ist uns eine große Ehre, dich hier zu haben, Lilli! Komm, ich werde dir dein Zimmer zeigen.«

Lilli starrte zuerst Gedeon und dann die Drachendame verständnislos an. Ihr Zimmer? Aber sie hatte doch gar nicht vor, sich länger in Schwefelstein aufzuhalten. Ihre Mutter würde sich bestimmt Sorgen machen und die Polizei alarmieren, wenn sie zu lange fortblieb. Sie wollte eben den Mund öffnen, um etwas einzuwenden, doch da war Mimibel schon vorausgeeilt. Aristobül und Gedeon winkten ihr noch einmal zu und entfernten sich in entgegengesetzter Richtung.

»Ich habe einen kleinen Imbiss für dich vorbereitet. Du hast bestimmt Hunger nach der langen Reise!«, sagte Mimibel freundlich über die Schulter hinweg zu Lilli, die sich bemühte, mit der Drachendame Schritt zu halten.

Erst jetzt fiel Lilli auf, dass ihr Magen tatsächlich immer wieder laut und vernehmlich knurrte. In der Aufregung hatte sie nicht einmal bemerkt, dass sie völlig ausgehungert war.

»Danke, Mimibel. Ich bin tatsächlich sehr hungrig!«, brachte sie schüchtern hervor.

Sie durchquerten eine Halle, deren Wände mit rotem Samt bezogen waren. In einer langen Reihe hingen dort zahlreiche Gemälde, auf denen lauter Drachen mit Zylinderhüten abgebildet waren.

Mimibel folgte lächelnd Lillis Blick.

»Das sind die ehemaligen Bürgermeister von Schwefelstein. Der Zylinder ist das Symbol ihrer Macht und wird stets an den Nachfolger weitergegeben. Schwefelstein spielt eine zentrale Rolle in der Geschichte der Drachen. Eine Reihe wichtiger Ereignisse hat hier stattgefunden, und ich hoffe, dein Besuch wird nicht das letzte davon sein …«

Diese Andeutung trug nicht gerade zu Lillis Beruhigung bei. Seit ihrer Ankunft in Schwefelstein beschäftigten sie unzählige Fragen, die sie jedoch nicht auszusprechen wagte. Als Aristobül sie um Hilfe gebeten hatte, war sie davon ausgegangen, dass die Probleme der Drachen so schwerwiegend nicht sein konnten. Schließlich wurden sie stets als eher anspruchslose Wesen beschrieben, die durch nichts aus der Ruhe zu bringen waren. Inzwischen dachte sich Lilli allerdings, dass es sich hierbei wohl eher um ein Gerücht handeln musste. Auf was hatte sie sich da nur eingelassen?

Nachdenklich folgte sie Mimibel über eine steile Marmortreppe hinauf ins Obergeschoss des Rathauses. Dann führte sie ihr Weg durch einen breiten Korridor, bis die Drachendame endlich vor einer riesigen schwarzen Holztür stehen blieb.

»Wir sind da.« Mimibel öffnete die Tür und trat lächelnd einen Schritt zurück.

»Bitte mach es dir bequem und fühl dich wie zu Hause, Lilli. Wenn du etwas brauchst, kannst du einfach nach mir rufen, ich komme dann sofort. Drachen haben nämlich sehr feine Ohren, musst du wissen. Wir sehen uns dann später, beim Bankett!«

›Bei welchem Bankett eigentlich?‹, wollte das Mädchen gerade fragen, aber ihm blieb keine Zeit, denn Mimibel war schon wieder davongeeilt.

Lilli blieb allein zurück und sah sich in ihrem neuen Zimmer um. Es war gemütlich und hübsch eingerichtet. Die Wände waren rosafarben tapeziert, und vor den Fenstern hingen schwere rosa Samtvorhänge. Das ganze Mobiliar war auf Drachengröße zugeschnitten und Lilli kam sich daneben zwergenhaft klein vor. Mitten im Raum stand ein gigantisches Himmelbett, welches das ganze Zimmer beherrschte und in dem ohne Weiteres fünfzehn Kinder von Lillis Größe Platz gefunden hätten. Die Bettwäsche war mit rosa Blümchen bestickt, was ihr sehr gefiel.

Lilli beschloss, sich ein bisschen frisch zu machen. Um an das überdimensional große Waschbecken heranzukommen, musste sie auf einen Stuhl klettern. Einen Moment lang betrachtete sie sich im Spiegel über dem Waschtisch. Seine bernsteinfarbene Oberfläche warf ihr Abbild leicht verschwommenen zurück. Es war kaum zu glauben, dass sie all das tatsächlich erlebte: Sie sah ein schüchternes Mädchen vor sich, mit einem blassen Gesicht, großen grauen, ein wenig verträumten Augen und mit einer etwas zu schmalen Nase, von der die Brille ständig herunterzurutschen drohte. Und dann erst die Haare! Wie sehr sich Lilli auch bemühte, sie ließen sich einfach nicht bändigen und sahen immer aus, als ob sie gerade aufgestanden wäre. Nach der Reise auf dem Drachenrücken waren sie erst recht völlig zerzaust.

Nachdem Lilli sich gewaschen und gekämmt hatte, verstaute sie ihre Regenjacke und den Rucksack in einem gewaltigen Schrank mit Holzschnitzereien. Schließlich probierte sie einen der wagenradgroßen Schokoladenkekse, die Mimibel auf einem Teller am Fenster für sie bereitgestellt hatte. Er war mit Schokoladenstückchen gespickt und schmeckte köstlich. Als Lilli die Hälfte davon gegessen hatte, war sie satt. Sie trank noch ein Glas Apfelsaft hinterher und trat dann ans Fenster, das auf den Marktplatz hinausging, wo sie zuvor mit Aristobül gelandet war. Der Springbrunnen plätscherte noch immer vor sich hin, aber mittlerweile herrschte emsiges Treiben auf dem Platz. Die Drachen waren mit den Vorbereitungen für das Fest beschäftigt, das am Abend stattfinden sollte. Einige schleppten Tische und Stühle heran, während andere damit beschäftigt waren, Girlanden und Lampions aufzuhängen.

Lilli war gerührt, dass sie sich ihr zu Ehren solche Mühe machten. Dennoch fühlte sie sich nicht ganz wohl in ihrer Haut. Denn wenn sie ehrlich sein sollte, war sie Aristobül nur gefolgt, um es endlich einmal allen zu zeigen, die sich wie Franka ständig über sie lustig machten. Aber sie hatte nach wie vor keine Ahnung, was sie tun musste, um das Drachenland zu retten, ja sie wusste nicht einmal, in welchen Schwierigkeiten Aristobül und seine Freunde eigentlich steckten. Plötzlich wünschte sie sich nach Hause zurück, zurück in ihre vertraute Umgebung …

Lilli war ganz in Gedanken vertieft, als es leise klopfte.

»Herein!«

Die Tür ging auf, und Aristobül steckte seine Schnauze ins Zimmer.

»Darf ich reinkommen?«

»Natürlich!«, erwiderte Lilli froh.

Sie freute sich sehr, ihn wiederzusehen, und fühlte sich gleich ein wenig besser.

Aristobül kam herein, verschlang im Vorbeigehen mit einem Happs eine Klaue voller Kekse und ließ sich dann ihr gegenüber in einen Sessel plumpsen. Seit der Drache das Zimmer betreten hatte, wirkte es nicht mehr ganz so groß.

»Wie ich sehe, hat Mimibel dir das schönste Zimmer im ganzen Rathaus gegeben. Das ist sehr gut! Ich wollte nur nachsehen, ob du vielleicht noch etwas brauchst?«

»Nein, danke! Alles okay«, versicherte Lilli. »Mit diesen Riesenkeksen hier habe ich ja Lebensmittelvorräte für mehrere Wochen.«

Aristobül lachte dröhnend und blies dabei etwas Rauch durch seine Nüstern. Dann fuhr er freundlich fort: »Du wirst sehen, heute Abend feiern wir ein schönes Fest. Der alte Moro wird dir zuliebe sogar auf dem Akkordeon spielen, was nur noch selten vorkommt.«

»Danke, ich fühle mich wirklich geehrt! Aber ich habe doch noch gar nichts für euch getan. Ich möchte nicht, dass ihr enttäuscht seid, falls sich später herausstellen sollte, dass ich euch gar nicht helfen kann!«

»Keine Sorge, Lilli. Ich habe wie wir alle hier in Schwefelstein großes Vertrauen zu dir. Und was den heutigen Abend betrifft: Wir haben in diesen düsteren Zeiten nur selten Gelegenheit zum Feiern. Deine Ankunft in Schwefelstein ist ein wunderbarer Anlass dafür und wird uns wieder Mut machen.«

Bei diesen Worten zog Aristobül einen Kamm hervor und begann, das kleine Haarbüschel auf seinem Schädel zu frisieren.

»Wie sehe ich aus?«, fragte er dann erwartungsvoll.

»Sehr chic!«

»Jetzt muss ich nur noch schnell meine Nasenlöcher ausfegen gehen, dann bin ich bereit für das Festmahl ...«

»Ich verstehe«, antwortete Lilli und hatte Mühe, sich das Lachen zu verbeißen.

Aristobül wandte sich zum Gehen, doch Lilli hielt ihn zurück:

»Einen Moment noch! Könntest du mir bitte endlich verraten, was in Schwefelstein eigentlich los ist und wie ich euch helfen kann?«

Der Drache schüttelte traurig den Kopf:

»Wir wissen es leider auch nicht so genau, Lilli. Alles, was ich dir sagen kann, ist, dass die Drachen, die heute Abend beim Fest sein werden, die letzten von mehreren Tausend sind, die einst in Schwefelstein gelebt haben, bis sie nach und nach verschwunden sind. Du wirst sehen, dass nicht mehr viele von uns übrig geblieben sind ...«

3 Kapitel
Das Bankett

Inzwischen war es Abend geworden in Schwefelstein, und am Himmel begannen die ersten Sterne zu funkeln. Mimibel war wie verabredet erschienen, um Lilli abzuholen, und geleitete sie zum Marktplatz, der vom Schein der bunten Lampions festlich erleuchtet wurde. Auf den Tischen standen köstliche Speisen, die verlockend dufteten. In der Mitte des Platzes waren zwei Drachen eifrig damit beschäftigt, Brathähnchen an einem Spieß zu grillen. Sie ließen abwechselnd Flammen aus ihren Nüstern hervorzüngeln, damit das Fleisch rundherum goldbraun und knusprig wurde. Wohlriechende Rauchschwaden zogen durch die Dorfstraßen, sodass Lilli allmählich wieder Appetit bekam.

Einige Dutzend Drachen hatten bereits an den Tischen Platz genommen. Als Lilli eintraf, erhoben sich alle und klatschten begeistert Beifall. Sie errötete und war froh, als sie ihren Platz zwischen Aristobül und Gedeon einnehmen durfte. Der Bürgermeister rückte seinen eleganten Zylinder zurecht und erhob sich. Augenblicklich kehrte Ruhe ein. Gedeon hüstelte kurz hinter vorgehaltener Klaue und begann: »Liebe Drachen! Seit vielen Monaten liegt ein schrecklicher Fluch auf unserem Volk: Nach und nach verschwinden immer mehr unserer Artgenossen spurlos aus Schwefelstein. Doch die Rettung naht! Sie ist in Gestalt dieser jungen Dame vor wenigen Stunden auf unserer Insel gelandet. Ich bitte euch, Lilli den allerherzlichsten drachenmäßigen Empfang zu bereiten!«

Die Drachen klatschten erneut kräftig Beifall. Gedeon zupfte Lilli behutsam am Kragen und bedeutete ihr aufzustehen. Das Mädchen erhob sich mit zitternden Knien, feuerrot im Gesicht, und murmelte fast unhörbar: »Vielen Dank ...«

»Wir haben zu danken«, erwiderte Gedeon und verneigte sich galant. Er nahm wieder Platz und zog Lilli sanft am Pullover, damit sie es ihm gleichtat. Erleichtert ließ sie sich auf ihren Stuhl zurückfallen. Jetzt konnte das Fest beginnen. Ein alter, schon ziemlich runzeliger Drache, der ein Akkordeon in den Klauen hielt, begann eine heitere Melodie zu spielen. Einige Drachen erhoben sich und tanzten ausgelassen zwischen den Tischen umher. Trotz ihrer Körperfülle bewegten sie sich erstaunlich graziös und vollführten komplizierte Tanzschritte. Ab und zu schlugen sie mit den Flügeln oder trommelten im Takt mit dem Schwanz auf den Boden. Ihre farbigen Panzer schillerten festlich im Schein der Lampions.

Währenddessen versuchte Lilli die anwesenden Drachen zu zählen. Sie kam auf dreiundachtzig. Es gab also nur noch dreiundachtzig Drachen! Aristobül hatte doch gesagt, es wären einmal einige Tausend gewesen. Was war bloß mit ihnen geschehen? Und warum gab es eigentlich kein einziges Drachenkind?

Lilli legte die Hähnchenkeule, an der sie eben noch geknabbert hatte, zur Seite. Ihr Magen war auf einmal wie zugeschnürt. Hier war doch irgendetwas faul!

Gerade als sie Aristobül danach fragen wollte, gingen plötzlich alle Lichter aus. Die Musik brach ab, und einige Drachen grunzten vor Schreck laut auf. Einige Sekunden lang fühlte sich Lilli wie versteinert. Dann war der Spuk vorbei. Wie auf ein unsichtbares Zeichen hin flammten die Lampions wieder auf. Die Musik jedoch setzte nicht wieder ein. Durch die Festgesellschaft ging ein erleichtertes Raunen. Noch ein wenig benommen schauten die Drachen sich um. Plötzlich war ein entsetzter Schrei zu hören, der Lilli durch Mark und Bein ging: »Zu Hilfe! Moro ist verschwunden. Hier liegt nur noch sein Akkordeon!«

»Leolla ist auch weg!«, tönte es von der anderen Seite des Platzes herüber.

»Und Mimibel!«, rief wieder eine andere Stimme.

Gedeon sprang mit einem Satz auf und suchte mit den Augen immer wieder die Drachenrunde ab. Dann sackte er verzweifelt in sich zusammen.

»Das darf nicht wahr sein! Nicht meine liebe Mimibel!«, stöhnte er dumpf, als ihm klar wurde, dass die Drachendame tatsächlich verschwunden war.

Panik ergriff die Menge. Alle liefen wild durcheinander, stießen Tische und Stühle um und rissen Teller und Schüsseln herunter. Lilli war wie betäubt und wusste sich keinen Rat. Ihr war ganz schlecht vor Aufregung.

So fand das Fest ein jähes Ende. Gedeon verhängte den Ausnahmezustand und schickte mehrere Spähtrupps los, die das Dorf und die nähere Umgebung erkunden sollten. Eine andere Gruppe zog ohne viel Aussicht auf Erfolg los, um die Vermissten zu suchen. Auf dem Platz schlichen die verbliebenen Drachen hilflos und unglücklich umher. Sie konnten sich nicht einmal dazu durchringen, die Überreste des Festmahls, das so fröhlich begonnen hatte, wegzuräumen.

Endlich raffte Lilli sich auf und lief suchend über den Platz. Da sie hier war, um den Drachen zu helfen, musste sie ja wohl oder übel irgendwann damit anfangen … Plötzlich stolperte sie über einen harten Gegenstand. Es war Moros Akkordeon. Sie rappelte sich auf und besah sich das Instrument aus der Nähe. Es war aus glänzendem Holz gefertigt und sah wunderschön aus. Allerdings waren einige Tasten zerbrochen. Lilli versuchte, das Akkordeon umzudrehen, aber es war zu schwer. Da entdeckte sie plötzlich einen merkwürdigen Kratzer im Holz. Aufgeregt rief sie nach ihrem Freund.

»Aristobül! Wo bist du? Komm doch mal schnell her!«

Wie aus dem Nichts tauchte der Drache auf einmal hinter ihr auf.

»Ich war auf der Krisensitzung im Rathaus. Was gibt's denn? Hast du etwas entdeckt?«, fragte er gespannt.

Lilli zeigte auf das Akkordeon.

»Sieh mal hier, Aristobül. Dieser Kratzer ist ganz frisch, ein Holzspan hängt noch in der Kerbe. Glaubst du, er stammt von Moro?«

Die Drachen hatten zwar ein ausgezeichnetes Gehör, dafür aber sehr schlechte Augen. Aristobül holte ein Monokel hervor und beugte sich dann so weit hinunter, dass seine Schnauze fast auf dem Musikinstrument zu liegen kam.

»Hmmm. Nein, diese Kerbe stammt nicht von Moro. Er ist ein sehr alter Drache, und seine Krallen sind schon ziemlich stumpf. Außerdem feilt er sie ganz kurz, um besser Akkordeon spielen zu können. Dieser Kratzer stammt aber von einer spitzen Drachenkralle. Das ist wirklich äußerst mysteriös!«

Lilli spürte, dass sie eine heiße Spur gefunden hatte, und kam sich plötzlich sehr wichtig vor.

»Wer hat noch Zugang zu dem Akkordeon außer Moro?«

»Niemand. Absolut niemand!«, erwiderte Aristobül nachdenklich. »Moro hütet sein Akkordeon wie ein Heiligtum und schließt es immer in einem Holzkoffer ein, wenn er es nicht benutzt.«

»Dann muss sein Entführer diesen Kratzer hinterlassen haben. Das würde bedeuten, dass es ein anderer Drache war!«

Aristobül sah Lilli einen Moment erstaunt an und zog sie dann mit sich fort zum Rathaus: »Komm, das müssen wir sofort den andern mitteilen!«

Wie sich herausstellte, gehörten dem Krisenstab, der im Rathaus tagte, neben Aristobül nur noch Gedeon und ein orangefarbener Drachen namens Zebulon an. Letzterer war der Befehlshaber der Drachenarmee, die allerdings mittlerweile nur noch zwanzig Drachen zählte.

Nachdem Aristobül von Lillis Entdeckung berichtet hatte, sah er die beiden anderen Drachen erwartungsvoll an. Gedeon, der seit Mimibels Verschwinden wie gelähmt schien, verzog keine Miene. Zebulon hingegen runzelte ärgerlich die Brauen.

»Es ist völlig ausgeschlossen, dass Moro von einem Drachen entführt worden ist! Es gibt außer uns keine Drachen mehr, und aus unserer Mitte kann es niemand gewesen sein, denn wir waren alle auf dem Fest. Außerdem ging das Ganze viel zu schnell. Der Drache hätte zuerst landen müssen, um Moro das Akkordeon zu entreißen und ihn dann mitzunehmen. Hinzu kommt, dass sich Mimibel und Leolla genau am anderen Ende des Platzes befanden. Wenn der Entführer ein Drache gewesen wäre, hätte er es in der kurzen Zeit niemals geschafft, so schnell den Platz zu überqueren. Wir Drachen können uns zu Fuß nicht so flink bewegen. Abgesehen davon hat ja auch niemand um Hilfe geschrien. Wir haben alle nicht den leisesten Ton gehört.«

Jetzt mischte sich Lilli, die die ganze Zeit geschwiegen

hatte, plötzlich ein: »Und wenn sich jemand für einen Drachen ausgegeben und eine falsche Spur gelegt hat, um uns zu täuschen?«

Plötzlich wurde ihr bewusst, dass sie es gewagt hatte, den mächtigen Zebulon zu unterbrechen. Überrascht von ihrem eigenen Mut, stieg ihr flammende Röte ins Gesicht.

»Hmmm«, Zebulon kratzte sich nachdenklich am Kopf. »Die Hornkrallen der Drachen hinterlassen ganz eigene Spuren. Man kann sie unmöglich fälschen. Und um sich eine Kralle zu beschaffen, müsste man sie ihrem Besitzer erst einmal ausreißen. Nur ein Narr würde sich in eine solche Gefahr begeben! Nein, ich glaube, das bringt uns nicht weiter. Meiner Ansicht nach hat dieser Kratzer rein gar nichts mit der Entführung heute Abend zu tun.«

Lilli war bitter enttäuscht. Sie hatte so gehofft, den Drachen endlich helfen zu können. Aber jetzt wusste sie schon nicht mehr weiter. Auch sie würde das Rätsel um die verschwundenen Drachen so schnell nicht lösen können. Noch dazu, wo sie völlig unerwartet in einer Welt gelandet war, in der völlig andere Regeln galten als die, die sie kannte.

Die Versammlung fand ein jähes Ende, als einer der Drachenspähtrupps zurückkehrte, um Gedeon und Zebulon Bericht zu erstatten. Lilli zog sich bedrückt auf ihr Zimmer zurück.

Aristobül, der ihr gefolgt war, versuchte ihr Mut zu machen.

»Sei nicht traurig, Lilli. Du hast uns heute Abend

bewiesen, dass du Dinge siehst, die wir nicht sehen können, und diese Fähigkeit wird uns bestimmt noch nützlich sein, da bin ich mir ganz sicher.«

Lilli seufzte und schaute einen Moment lang schweigend zu Boden. Als sie endlich aufsah, blieb ihr Blick an einem Gemälde über Aristobüls Kopf hängen. Es zeigte eine Frau mit wirrem Haar, die in einem grauen, staubigen Kerker saß.

»Ich bin sehr traurig, Aristobül. Leider weiß ich gar nicht, wie ich euch helfen soll. Außerdem mache ich mir allmählich Sorgen. Meine Mutter wird sich sicher schon fragen, wo ich geblieben bin. Als du mich gebeten hast, dich zu begleiten, war mir nicht klar, dass ich für längere Zeit bei euch bleiben sollte. Ich kann nicht einfach so verschwinden« – Lilli schnipste mit den Fingern – »sonst bekomme ich Riesenärger zu Hause …«

Aristobül lächelte nachsichtig und strich Lilli vorsichtig über den Kopf.

»Komm mal mit! Ich werde dir etwas zeigen.«

Lilli folgte ihrem Freund widerstrebend. Der Drache führte sie zum Ausgang des Rathauses. Ob er nun enttäuscht war von ihrer Reaktion und sie nach Hause zurückbringen würde?

Doch sobald sie über die Schwelle nach draußen getreten waren, blieb Aristobül vor dem mächtigen Portal des Rathauses stehen und zeigte nach oben. Lilli folgte seinem Blick – da war wieder die große Turmuhr, die ihr schon bei ihrer Ankunft aufgefallen war.

»Siehst du das Zifferblatt mit den fünfzehn Ziffern?«, fragte Aristobül.

»Ja«, erwiderte das Mädchen.

Es sah außerdem fünf Zeiger, die sich unablässig bewegten.

»Das ist die Uhr, die die Zeit auf der Dracheninsel misst. Und siehst du auch das Zifferblatt dort hinten, mit den zwölf Zahlen?«

»Ja, natürlich«, antwortete Lilli.

»Diese Uhr zeigt die Zeit auf der Erde an. Und nun schau mal genau hin. Fällt dir etwas auf?«

»Die Zeiger bewegen sich nicht!«, bemerkte Lilli erstaunt.

»Genau.«

Aristobül lächelte das Mädchen freundlich an.

»Die Zeit wurde angehalten, als wir gemeinsam die Erde verlassen haben. Und wenn wir dich zurückbringen, lassen wir die Uhr weiterlaufen. So wirst du nur wenige Sekunden nach deiner Abreise wieder zu Hause sein. Niemand wird deine Abwesenheit bemerken, Lilli. Du musst dir also keine Sorgen machen.«

»Ihr könnt die Zeit anhalten? Aber wie ist das möglich?«, staunte Lilli.

»Diese Uhr misst die verschiedenen Zeiten in den unterschiedlichen Welten: unsere Zeit, deine Zeit, die Zeit der Einhörner, der Elfen, der Vögel und so weiter. Du siehst ja, dass es ein gutes Dutzend Zifferblätter gibt. Um die Zeit anzuhalten, muss man einen bestimmten Zauberspruch kennen. Er ist streng geheim. Nur Gedeon und Zali, der Gebieter der Zeiten, kennen ihn und können die Zeiger verstellen.«

Plötzlich schoss Lilli eine Idee durch den Kopf.

»Aristobül, bist du sicher, dass kein anderer an der Uhr gedreht haben kann?«

»Ja, ich glaube schon … Warum fragst du?«

»Weil das erklären würde, warum wir nichts vom Verschwinden der drei Drachen bemerkt haben. Wenn sich jemand an der Uhr zu schaffen gemacht und die Zeit angehalten hat, könnten sie währenddessen vor unserer Nase entführt worden sein.«

Aristobül runzelte die Stirn. Er dachte so konzentriert nach, dass sein Schwanz dabei fortwährend aufs Pflaster klopfte.

»Himmeldonnerwetter, du hast recht! Ich weiß zwar nicht, wer das getan haben könnte, aber es ist die einzig mögliche Erklärung. Komm, wir müssen sofort die anderen benachrichtigen!«

Binnen weniger Minuten hatte Aristobül neben Zebulon und Gedeon auch Zali, den Meister der Zeiten, im großen Sitzungssaal des Rathauses zusammengetrommelt. Der Drache fasste Lillis Überlegungen zusammen und schwieg dann gespannt. Gedeon rührte sich nicht. Er wirkte völlig abwesend mit seinem verlorenen Blick und dem schief sitzenden Zylinder. Zebulon machte wie zuvor ein skeptisches

Gesicht. Lilli fragte sich, ob die Drachen vielleicht jeden ihrer Vorschläge ablehnten, weil sie keine der Ihren war. Zali hingegen, der Meister der Zeiten, sah sie unter buschigen Augenbrauen interessiert an. Er hatte rot glänzende Schuppen und machte einen sehr würdevollen Eindruck.

»Lilli hat vielleicht die richtige Spur gefunden. Ihre Theorie würde in der Tat einiges erklären: warum die Drachen immer so schnell verschwunden sind und wir nie etwas bemerkt haben. Du musst wissen, Lili, dass die Uhr folgendermaßen funktioniert: Jedes Zifferblatt hat seinen eigenen Schlüssel. Um die Zeit anzuhalten, muss man den Schlüssel ins Uhrwerk stecken und eine Zauberformel sprechen. Auf dieselbe Art bringt man die Uhr danach wieder zum Laufen. Bei dem Zifferblatt für die Drachenwelt verhält es sich allerdings etwas anders. Vor langer Zeit ist der Schlüssel des Zifferblattes, welches die Zeit auf Schwefelstein anzeigt, abgebrochen und im Schlüsselloch stecken geblieben. Es ist uns nie gelungen, das Bruchstück wieder herauszuholen. Um die Zeit in Schwefelstein anzuhalten, genügt es deshalb, die richtige Zauberformel zu sprechen. Man braucht keinen Schlüssel mehr. Damit niemand die Uhr nur zum Spaß oder ohne Erlaubnis anhalten kann, wird die Formel natürlich streng geheim gehalten. Nur Gedeon und ich kennen sie, aber ich denke nicht, dass jemand den Verdacht hegt, er oder ich seien in diese schreckliche Geschichte verwickelt.«

Lilli rutschte unruhig auf ihrem Stuhl hin und her. Wie

wenig Fantasie diese Drachen hatten! Sie konnten sich einfach nicht vorstellen, dass manche Dinge anders waren, als es schien. Jetzt hielt sie es nicht mehr länger aus und ergriff mutig das Wort: »Es muss noch jemanden geben, der die Zauberformel kennt oder der sie entdeckt hat. Sie wurde doch sicher irgendwo aufgeschrieben, oder?«

»Natürlich«, erwiderte Zebulon. »Seit Urzeiten werden alle Zauberformeln unserer Welt im Großen Zauberbuch von Zaratozzino aufbewahrt. Dieses Buch wurde vor langer Zeit gestohlen, von …«

»Camilla!«, riefen alle vier Drachen gleichzeitig aus.

»Aber sie kann nicht hinter dem Verschwinden der Drachen stecken«, warf Gedeon ein, den die Erwähnung dieses Namens offenbar aus seiner Erstarrung gerissen hatte. »Sie sitzt seit zweihundert Jahren im Kerker! Und die regelmäßigen Berichte unserer Wachsoldaten belegen zweifelsfrei, dass sie immer noch dort ist.«

Lilli war einen Moment lang sprachlos. Sie war umgeben von Drachen, die über ein gestohlenes Zauberbuch sprachen und über eine gewisse Camilla, die seit zweihundert Jahren im Kerker saß! Wie alt sie dann wohl sein musste? Jedenfalls lieferte das alles genug Stoff für ein richtig tolles Buch! Doch dann schob sie den Gedanken beiseite und mischte sich wieder ins Gespräch ein.

»Wer ist diese Camilla eigentlich? Ein Drache?«

»Wie bitte?« Zebulon schnaubte vor Empörung. »Nie im Leben! Ein Drache wäre niemals zu den schrecklichen

Untaten fähig, die sie vollbracht hat! Nein, sie ist ein Mensch, wie du! Allerdings einer von der übelsten Sorte!«

»Ein Mensch? Aber wenn sie seit zweihundert Jahren im Kerker sitzt, müsste sie doch längst tot sein!«, wandte Lilli ein wenig gekränkt von Zebulons Vergleich ein.

»Aber nein, sie ist doch unsterblich«, antwortete Zali. »Weil sie Zaratozzinos Zauberbuch gestohlen hat …«

Lilli verstand überhaupt nichts mehr. Ihre neuen Freunde schienen vergessen zu haben, dass sie so gut wie nichts über die Drachenwelt wusste. Sie schienen zu glauben, Lilli habe ein Diplom in Drachengeschichte absolviert.

Und nun begannen Zebulon, Aristobül, Zali und Gedeon auch noch alle durcheinanderzureden. Lilli lauschte einen Moment lang verblüfft dem Stimmengewirr, doch dann wurde es ihr zu bunt: »Jetzt reicht's mir aber!«

Die Drachen zuckten erschrocken zusammen und hielten sich die Ohren zu.

»He, was soll das?«, schimpfte Zebulon. »Wir haben empfindliche Ohren!«

»Ihr macht mich ganz verrückt! Ich verstehe überhaupt nichts von eurem Gerede! Wenn ihr wollt, dass ich euch helfe, muss mir einer von euch endlich erklären, um was es hier eigentlich geht!«, wetterte Lilli.

Aristobül warf ihr einen amüsierten Blick zu.

»Dafür, dass du ein schüchternes kleines Mädchen bist, hast du eine ziemlich laute Stimme!«, sagte er grinsend. »Uns wird noch das Trommelfell platzen!« Dann wurde er wieder ernst. »Komm mal mit, Lilli. Ich werde dir alles erklären.«

Er führte das Mädchen durch die langen Korridore des Rathauses und blieb schließlich vor einem Gemälde stehen. Es zeigte eine mittelalterlich gekleidete Prinzessin. Sie trug ein blaues Seidenkleid und eine lange, spitze Haube, die ein zarter blauer Schal schmückte. Die Prinzessin war sehr schön. Sie wirkte edel und erhaben und thronte auf einer hölzernen Truhe mitten in einer Höhle, bewacht von einem gewaltigen Drachen. Zu ihren Füßen funkelten Berge von Gold und Edelsteinen.

»Ist das Camilla?«, flüsterte Lilli, beeindruckt von der Schönheit der Prinzessin.

»Ja, das ist sie«, erwiderte Aristobül grimmig. »Einst im Mittelalter lebte sie in einem prächtigen Schloss und führte ein friedliches Leben, bis sie von einem Drachen namens Theodül entführt wurde. Er war wie besessen von ihr und versteckte sie in den Tiefen seiner düsteren Höhle. Um ihre Liebe zu gewinnen, überschüttete er sie mit Reichtümern. Aber Camilla war niemals zufrieden und führte den armen Theodül an der Nase herum. Eines Tages vertraute sie ihm ihren Herzenswunsch an: Sie wollte in der Welt der Drachen leben, von der Theodül ihr schon so viel erzählt hatte. Theodül hoffte, endlich das Herz seiner Liebsten zu gewinnen, und nahm sie mit nach Schwefelstein. Aber sobald sie in der Drachenstadt angekommen war, zeigte sie ihr wahres Gesicht: Sie war bösartig und machtgierig und wollte über die gesamten Himmelsinseln herrschen. Und sie ließ nichts unversucht, um ihr Ziel zu erreichen.«

Aristobül führte Lilli zu einem weiteren Gemälde. Hier war dieselbe Camilla abgebildet, diesmal jedoch mit gezücktem Schwert und Kettenhemd an der Spitze einer schlagkräftigen Armee.

»Sie hat eine weithin gefürchtete Armee um sich geschart und zunächst die Insel der Raben erobert und dann die der Einhörner. Aber das Schlimmste war, dass es ihr schließlich auch gelang, sich das große Buch von Zaratozzino anzueignen, dem mächtigsten aller Zauberer. Er hatte sein Buch einst den Drachen zu treuen Händen anvertraut. Camilla hat darin die Unsterblichkeitsformel entdeckt und sie bei sich selbst angewendet. Danach verwandelte sie die Blaue Insel, wo wir unsere Ferien zu verbringen pflegten, in den schaurigsten Ort, den du dir vorstellen kannst, und ließ sich eine gewaltige Festung bauen. Dort verschanzte sie sich dreihundert Jahre lang und führte nur Böses im Schilde, erklärte allen Bewohnern der Himmelsinseln den Krieg und verwickelte sie immer wieder in endlose Schlachten. Während dieser Zeit hat sie ihre Armee stetig vergrößert und ihre Zauberkräfte weiterentwickelt.«

»Aber schließlich ist es euch gelungen, sie ins Gefängnis zu werfen?«, fragte Lilli, die in Gedanken die Geschichte Stück für Stück zusammenfügte. Sie dachte an das Gemälde in ihrem Zimmer.

»Ja, vor etwa zweihundert Jahren ist es einem tapferen

General der Drachenarmee nach einer blutigen Schlacht gelungen, sie gefangen zu nehmen. Sie wurde verurteilt und für immer auf der Verlorenen Insel eingesperrt.«

Aristobül führte Lilli zu einem Gemälde, das Camilla mit zerzaustem Haar und irrem Blick zeigte, die Hände um die Gitterstäbe ihres Kerkers geklammert, der sich auf einer winzigen, von Wolken umgebenen Insel befand. Gewaltige Drachen bewachten sie.

»Und dort ist sie seit zweihundert Jahren eingeschlossen?« Alleine diese Vorstellung ließ Lilli schaudern.

»So bestätigen es die regelmäßigen Berichte unserer Wachsoldaten. Unter diesen Umständen ist es nicht so angenehm, unsterblich zu sein, nicht wahr? Aber wenn du recht hast, könnte die Verlorene Insel auch schon seit einiger Zeit einsam und verlassen sein ...«

»Und was werdet ihr jetzt tun?«

»Besser gesagt, was *wir* jetzt tun werden, Lilli? Gleich morgen werden wir beide mit ein paar Soldaten zur Verlorenen Insel aufbrechen, um nachzuschauen, ob Camilla sich immer noch dort befindet, wo sie hingehört – fernab von Menschen und Drachen ...«

4. Kapitel
Die verlorene Insel

Am nächsten Morgen erwachte Lilli schon sehr früh. Sie hatte unruhig geschlafen, wirr geträumt und fühlte sich wie zerschlagen. Immer noch wirbelten die Gedanken wild durch ihren Kopf. Kein Wunder, lag doch der bislang aufregendste Tag ihres Lebens hinter ihr! Sie konnte kaum glauben, dass erst wenige Stunden vergangen sein sollten, seit das Abenteuer begonnen hatte. Immer wieder ließ sie die Ereignisse des Vortages in Gedanken an sich vorüberziehen: Sie sah sich wie jeden Morgen zur Schule gehen, dachte an das seltsame Gewitter und an den Streit mit ihrer Mutter, an den Drachen in ihrem Zimmer und an das Fest auf dem Dorfplatz von Schwefelstein, das ein so trauriges Ende genommen hatte. Bilder von einer wunderschönen Prinzessin, die schon fünfhundert Jahre alt war, und von einer Turmuhr, mittels derer man die Zeit anhalten konnte, schwirrten durch ihren Kopf …

Lilli war schrecklich aufgeregt. Sie konnte es kaum erwarten, mit Aristobül zur Verlorenen Insel aufzubrechen. Allerdings war ihr auch ein wenig mulmig bei dem Gedanken, welche Überraschungen dieser neue Tag wohl für sie bereithalten würde. Als die ersten Sonnenstrahlen durch die Vorhänge krochen und den Tag ankündigten, sprang sie erleichtert aus dem Bett. Nun würde es endlich losgehen!

Sie schlang hastig ein Stück Riesenkeks hinunter und stürzte einen Schluck Apfelsaft hinterher. Nachdem sie sich reisefertig gemacht hatte, lief sie schnell in die Eingangshalle, wo Aristobül sie in Begleitung von fünf khakifarbenen Drachensoldaten erwartete. Sie trugen schwarze Käppis und hatten Tornister auf dem Rücken. Nach einer kurzen Begrüßungsrunde kletterte Lilli auf Aristobüls Rücken. Dann schwang sich die kleine Truppe in die Lüfte.

Sie ließen die Dracheninsel rasch hinter sich. Die Sicht war klar, und Lilli entdeckte eine Rauchsäule auf dem Gipfel des Berges von Schwefelstein. Die Drachen lebten also auf einem Vulkan. Warum war sie nicht früher darauf gekommen? Schon der Name *Schwefelstein* hätte sie hellhörig machen müssen! Sie schaute wieder nach vorn. Jetzt sah sie nur noch den blauen Himmel und hörte den gleichmäßigen Flügelschlag der Drachen.

Sie flogen lange dahin, ohne dass ihnen jemand begegnete. Auf einmal begann sich der Himmel zu verdunkeln. Sogar die Vögel schienen diese Gegend zu meiden, über der eine undurchdringliche graue Wolkenschicht hing. Schließlich setzte auch noch dichter Regen ein. Wenig später tauchte in der Ferne eine Art Felshügel auf, umgeben von bedrohlich schwarzen Nebelschwaden. Das musste die Verlorene Insel sein!

Lilli war bis auf die Haut durchnässt, und eisige Kälte kroch ihr in die Glieder, als die kleine Gruppe endlich auf dem felsigen Grund landete. Das Mädchen sah sich fröstelnd um. Ihm bot sich ein trostloser Anblick: Die Verlorene Insel war ein unwirtliches Eiland, das nur aus schroffen Felsformationen bestand. Auf einer Anhöhe in der Mitte der Insel befand sich eine schmale Öffnung in der Felswand. Ein zerborstenes rostiges Gitter, das schief in den Angeln hing und leise im Wind quietschte, ließ ahnen, dass dieser Ort einst als Gefängnis gedient hatte, aber schon länger nicht mehr dazu taugte.

»Potzdrachenschwefel noch einmal!«, schimpfte Vitur, der diensthabende Drachenleutnant. »Sie ist tatsächlich fort! Aber das ist doch unmöglich!«

»Unmöglich, aber wahr«, stieß Aristobül zwischen den Zähnen hervor. Er hatte noch am Morgen Mühe gehabt, die Soldaten davon zu überzeugen, ihn zu begleiten. Nur drei Tage zuvor war der wöchentliche Bericht der Wächterdrachen eingetroffen, um zu bestätigen, dass alles in bester Ordnung sei und Camilla weiterhin hinter Gittern säße. Wer hätte ahnen können, dass dieser Bericht genau wie schon zahlreiche andere zuvor gefälscht worden war?

Sie betraten die Zelle, in der Camilla zwei Jahrhunderte zugebracht hatte. Der Raum war in den groben Fels gehauen und sehr schlicht eingerichtet: Es gab ein Bett, einen

Schrank, ein Regal, einen Tisch und einen Stuhl. In einer Ecke stand ein kleiner Fernseher, die einzige Annehmlichkeit, die die Drachen ihrer Erzfeindin zugestanden hatten. Das Regal, das eine ganze Wand einnahm, bog sich unter der Last der vielen Bücher, die sich während Camillas jahrhundertelanger Gefangenschaft dort angesammelt hatten. Die Zelle war sauber, und das Bett stand ordentlich gemacht an seinem Platz. Es gab keinerlei Kampfspuren. Von Camilla und den Wächterdrachen fehlte jede Spur.

»Wo sind denn die Soldaten?«, fragte Vitur fassungslos.

»Auch verschwunden, wie die anderen Drachen in Schwefelstein«, erwiderte Aristobül bitter. »Aber wie nur?«

Lilli sah sich suchend in der Zelle um. Sie schaltete den Fernseher ein. Das Standbild der Nachrichten vom Vorabend erschien. Ach ja, das hätte sie in der Aufregung beinahe vergessen – auf der Erde stand die Zeit ja still!

»Wo hat Camilla denn all diese Bücher her?«, fragte Lilli und ließ ihren Blick ehrfurchtsvoll über die Bibliothek streifen.

»Sie durfte die Bücher bei unseren Raben-Boten bestellen. Es waren übrigens dieselben Raben, die uns auch die Berichte der Wächterdrachen überbracht haben«, sagte Vitur grimmig.

»Wurde denn ihre Post kontrolliert?«, wollte Lilli wissen.

»Ja, natürlich. Aber wenn es sich nur um Bücher handelte, waren wir großzügig …«

Lilli fuhr fort, den Raum zu untersuchen. Plötzlich fiel ihr Blick auf einen großformatigen Karton mit vielen bunten Briefmarken, der in einer Ecke der Zelle lag. Er war adressiert an *Camilla auf der Verlorenen Insel.*

»Hat Camilla immer alle Bücher bekommen, die sie haben wollte?«

»Natürlich«, erwiderte Vitur mit Nachdruck. »Camilla ist zwar unsere Feindin, aber wir sind nicht so grausam, sie am Lesen zu hindern.«

»Ich verstehe«, sagte Lilli nachdenklich. »Wie groß ist eigentlich das Buch von Zaratozzino?«

»Ungefähr so groß«, antwortete Aristobül und deutete eine Spanne von fast einem Meter an.

»So wie das hier?«, fragte Lilli gespannt und zeigte auf den Karton.

»Ja, in etwa«, entgegnete Aristobül ungeduldig. »Aber warum ...« Er stockte mitten im Satz und schlug sich mit der Pranke an die Stirn. »Potzblitz und Drachenschwefel! Glaubst du, sie hat sich das Große Buch von Zaratozzino von den Raben-Boten bringen lassen? Und sich mit einer der Zauberformeln befreit und dann die Drachen verschwinden lassen?«

Lilli nickte traurig.

Der Schein des flackernden Kaminfeuers erhellte den finsteren Raum nur spärlich. Auch durch das einzige Fenster drang kein Lichtstrahl herein, nur der schwarze Himmel war zu sehen. Vor dem Feuer standen zwei bequeme Ohrensessel, an einem von ihnen lehnte eine junge Frau. Ihr langes, geflochtenes Haar glänzte rötlich im Schein der zuckenden Flammen. Nachdem sie eine Weile wie gebannt ins Feuer gestarrt hatte, überlief sie plötzlich ein Schauder, und es schien, als erwache sie aus einem Traum.

»Ich werde das Abendessen kommen lassen, mein Bester«, sagte sie zu dem Mann gewandt, der in dem zweiten Ohrensessel saß. »Es wird eine lange Nacht werden, und wir müssen uns ein wenig stärken.«

»Ganz wie es dir beliebt, meine Teuerste. Du weißt, es macht mir nichts aus, einige Tage ohne Essen auszukommen.« Die Stimme des Mannes war kaum mehr als ein Flüstern, er sprach sehr leise, als fürchte er, jemanden zu wecken.

»Unsere nächste Aufgabe wird ganz entscheidend sein«, sagte die Frau. »Wenn wir Erfolg haben, können wir unseren Plan schon nächste Woche in die Tat umsetzen. Meine Rache wird fürchterlich sein!«

»Ich liebe es, wenn du zornig bist, Camilla! Du bist wie dieses Feuer – es ist wunderschön anzusehen und verbreitet eine angenehme Wärme, aber wenn man ihm zu nahe kommt, verbrennt man sich. Genau diesen Fehler haben die Menschen begangen, sie sind dir zu nahe gekommen. Jetzt werden sie dafür büßen!«

»Mein geschätzter Freund, du allein verstehst mich! Bald wird der Tag kommen, an dem wir gemeinsam über die Welt herrschen! Ich werde in Kürze meine Soldaten aussenden, um die letzten Drachen zu entführen. Dann wird es auf den Himmelsinseln keinen einzigen Drachen mehr geben. Diese Dummköpfe haben es nicht anders gewollt! Dabei glauben sie immer noch, ich würde im Kerker schmoren. Sie werden verschwinden, ohne zu verstehen, warum und wohin!«

Nachdem sie geendet hatte, ergriff der Mann Camillas Hand, zog die Prinzessin an sich und küsste sie sanft auf die Wange.

Aristobül und Lilli waren inzwischen mit Vitur und der Dracheneskorte nach Schwefelstein zurückgekehrt. Die Nachricht von Camillas Flucht verbreitete sich wie ein Lauffeuer unter den Drachen. Sie konnten kaum fassen, dass ihre eigene Nachlässigkeit zu dieser Katastrophe beigetragen haben sollte. Camillas Plan, sich das Große Buch von Zaratozzino zusenden zu lassen, zeugte von einer solchen Dreistigkeit, dass die Drachen niemals von alleine darauf gekommen wären. Andererseits waren sie fast ein wenig erleichtert, denn nun wussten sie wenigstens, mit welchem Gegner sie es zu tun hatten. Camilla war ihnen bestens bekannt, und sie fühlten sich stark genug, um es mit ihr aufzunehmen. Immerhin war es ihnen schon einmal gelungen, die Zauberin zu besiegen. Nun galt es, keine Zeit mehr zu verlieren!

Die ganze Stadt war in hellem Aufruhr, und die Drachen

bereiteten sich auf eine große Verteidigungsschlacht vor. Alle Häuser waren verrammelt worden, und überall standen Wachtposten. Binnen weniger Stunden verwandelte sich Schwefelstein in eine regelrechte Festung. Rund um die Turmuhr waren verschiedene Sicherheitssperren errichtet worden. Die Drachen waren nun bestens gerüstet, einer längeren Belagerung standzuhalten, falls es dazu kommen sollte.

Nachdem Gedeon seinen Zylinder zurechtgerückt hatte, bat er Lilli und Aristobül zu sich ins Rathaus. Das Mädchen fragte sich, ob sein Auftrag nun wohl beendet sei. Schließlich hatten die Drachen Camilla ja schon einmal ohne ihre Hilfe besiegt. Nun mussten sie diese Heldentat einfach nur wiederholen, und Lilli könnte nach Hause zurückkehren. Inzwischen nagte immer stärkeres Heimweh an ihr. Sie sehnte sich nach der liebevollen Aufmerksamkeit ihrer Mutter und hätte in diesem Moment sogar gerne die eine oder andere Standpauke in Kauf genommen.

Wie sich bald herausstellte, hatte Gedeon jedoch andere Pläne. Er betraute Aristobül und Lilli mit einem streng geheimen Auftrag: Der Drache sollte das Mädchen zur Schwarzen Insel bringen. Dort hatte sich Camilla einst ihre Festung erbauen lassen, die durch allerlei Magie und Hexenzauber vor unliebsamen Besuchern geschützt war. Ohne Kenntnis der richtigen Zauberformel konnten sich die Drachen dem Eiland höchstens bis auf fünfzig Meter nähern. Daher sollte Lilli versuchen, auf die Insel zu gelangen, um herauszufinden, was Camilla dort für düstere Pläne schmiedete. Vielleicht würde es dem Mädchen ja sogar gelingen, die verschwundenen Drachen und das Große Buch von Zaratozzino zu finden …

Lilli hatte zunächst gezaudert. Die Vorstellung, sich ganz allein in die sprichwörtliche Höhle des Löwen zu begeben, behagte ihr ganz und gar nicht. Aber da sie sich nun einmal bereit erklärt hatte, den Drachen zu helfen, musste sie ihre Mission wohl oder übel auch zu Ende bringen. Außerdem erlebte man ein solch außergewöhnliches Abenteuer nicht alle Tage, und sie wollte unbedingt das Rätsel um die verschwundenen Drachen lösen oder wenigstens ein wenig dazu beitragen.

Trotzdem war ihr etwas bang zumute. Gedeon hatte davon gesprochen, Aristobül werde sie über der Insel »abwerfen«. Sie konnte sich nicht vorstellen, wie das gehen sollte, ohne dass sie sich sämtliche Gliedmaßen oder gar das Genick brach. Außerdem hatte sie keine Ahnung, wie sie Camilla die Stirn bieten sollte, wo sie doch schon Mühe hatte, dem Blick von Frau Weißlein standzuhalten.

Im Morgengrauen verließ Aristobül mit seiner kleinen Begleiterin die Drachenstadt, bestens ausgerüstet mit Proviant und warmen Kleidern für Lilli.

Den Drachen, die sich zum Abschied auf dem Marktplatz versammelt hatten, kullerten riesengroße Tränen über die Wangen. Sie machten sich furchtbare Sorgen um ihre beiden Freunde. Außerdem hing das Überleben ihres Volkes vom Erfolg dieser gefährlichen Mission ab. Wenn die beiden nun auch noch verschwinden sollten, war alles verloren …

Lilli thronte auf Aristobüls Rücken und bemühte sich, ein entschlossenes Gesicht zu machen. Aber in ihrem Inneren sah es anders aus, und sie spürte die Verantwortung schwer auf ihren Schultern lasten. Als Aristobül Anlauf nahm und sich gleich darauf in die Lüfte schwang, machte Lillis Herz ebenfalls einen kleinen Sprung. Sie wandte sich um und schaute ein letztes Mal zu den bunt schillernden Drachen zurück, die ihr heftig nachwinkten. Glücklicherweise waren sie schon weit genug entfernt, sodass niemand sehen konnte, dass auch ihr Tränen die Wangen hinunterliefen.

5 Kapitel
Camillas Burg

Wieder flogen sie viele Stunden am unermesslich weiten Himmel dahin, der in allen nur erdenklichen Blautönen leuchtete. Nach einer Weile begannen Lillis Beine zu kribbeln, und ihre Glieder wurden steif. Sie war furchtbar müde. Die mächtigen Schwingen des Drachen bewegten sich im regelmäßigen Rhythmus auf und ab. Lilli fragte sich, wie es Aristobül nur gelang, nach so vielen Stunden immer noch mühelos weiterzufliegen.

Sie versuchte, ihre Gedanken zu ordnen und sich auf das bevorstehende Abenteuer vorzubereiten. Was sollte sie tun, wenn sie Camilla gegenüberstand? Wie würde die Zauberin wohl reagieren, wenn sie ein anderes menschliches Wesen in ihrer Burg entdeckte? Ob sie Lilli wohl auch verhexen oder gar gleich verschwinden lassen würde? Ihr wurde angst und bang bei dieser Vorstellung, und sie schob den Gedanken rasch wieder beiseite. Während sie sich erneut den Kopf über das Rätsel der verschwundenen Drachen zerbrach, rutschte sie unruhig auf Aristobüls Rücken hin und her und versuchte eine bequeme Position zu finden, damit das unangenehme Kribbeln in ihren Beinen nachließ.

»Pass auf, Lilli, sonst fällst du noch herunter!«, warnte Aristobül.

»Tut mir leid, meine Beine sind eingeschlafen«, murmelte Lilli und versuchte, wieder stillzusitzen. »Bist du denn gar nicht müde?«

»Ich und müde?«, lachte Aristobül. »Nein, Drachen sind sehr ausdauernd! Einmal bin ich zehn Tage lang ohne Pause geflogen. Ich hatte eine Wette mit meinem Bruder abgeschlossen. Tja, ich hab schließlich gewonnen, und er musste drei Wochen lang den Abwasch machen. Das war sehr lustig!«

»Du hast einen Bruder? Das wusste ich ja gar nicht«, wunderte sich Lilli.

»Er war einer der ersten Drachen, die verschwunden sind. Es ist schon viele Monate her. Seitdem habe ich nichts mehr von ihm gehört. Er fehlt mir sehr.«

»Das tut mir leid.« Lilli tätschelte ihrem Freund mitfühlend den Hals. »Hast du denn nie versucht ihn wiederzufinden?«

»Doch, natürlich. Ich habe all seine Lieblingsinseln abgesucht und auch die Höhlen auf der Erde, wo wir uns früher oft versteckt haben, aber es war nirgendwo eine Spur von ihm zu finden. Später, als immer mehr Drachen verschwanden, wurde uns klar, dass etwas nicht mit rechten Dingen zuging. Von da an hat Gedeon verfügt, dass wir uns nicht mehr allzu weit von Schwefelstein entfernen durften.«

Lilli schwieg eine Weile. Dann sagte sie: »Ich kann mir gar nicht vorstellen, wie du als Kind gewesen bist. Wie hast du denn ausgesehen?«

»Genauso wie jetzt, nur etwas kleiner. Ich war ein ziemlicher Schlingel«, erwiderte Aristobül verschmitzt.

»Gibt es eigentlich auf Schwefelstein überhaupt keine Kinder? Oder habt ihr sie alle versteckt?« Lilli stellte sich eine Art Kindergarten vor, mit lauter kleinen Feuer speienden Drachen.

»Nein, seit Jahren ist kein einziges Drachenbaby mehr geschlüpft. Gedeon und Mimibel haben sehr darauf gehofft, eins zu bekommen, aber daraus wurde leider nichts. Vielleicht ist es ja auch besser so angesichts der schrecklichen Lage, in der wir uns befinden. Du musst wissen, dass die Dracheneier alle tief unten im Krater lagern, aber schon seit langer Zeit ist keines mehr aufgebrochen.«

»Wie bitte?«, hakte Lilli nach, die meinte, sich verhört zu haben.

»Ja, wir Drachen schlüpfen aus dem Ei. Die Eier werden im Krater von Schwefelfels, tief im Inneren der Erde, ausgebrütet. Wenn dann einige Babys ausschlüpfen, werden sie von den erwachsenen Drachen adoptiert. Das ist der Lauf der Dinge. Mein Bruder und ich sind im selben Augenblick geschlüpft. Deshalb sind wir Geschwister. Aber über den Zeitpunkt des Schlüpfens bestimmt allein der Berg. Und seit langer Zeit kehren die Drachen, die in den Krater gepilgert sind, um ein Baby zu adoptieren, stets allein zurück.«

Er wollte noch etwas hinzufügen, unterbrach sich dann aber und wies mit der Klaue nach vorne. »Lilli, sieh nur, wir sind da, dort ist die Schwarze Insel!«

Lilli richtete sich auf und spähte über den langen Hals des Drachen. Direkt vor ihnen erhob sich eine Insel, die mitten am Himmel zu schweben schien. Schwarz und verdorrt, wie sie war, machte sie einen düsteren und unheilvollen Eindruck. In ihrer Mitte erhob sich eine gewaltige Trutzburg, die so finster aussah, als hätte man jegliche Farbe aus ihr herausgesaugt. Ihre spitz aufragenden Türme wirkten bedrohlich. Während der Himmel weithin in den schönsten Blautönen leuchtete, hatte er sich rings um die Festung kohlrabenschwarz gefärbt. Blitze zuckten über die Türme hinweg und spiegelten sich tausendfach in den zahllosen kleinen Fenstern und Luken, die in das furchterregende Gemäuer eingelassen waren.

Lilli schauderte bei diesem gespenstischen Anblick. Ihre Kehle war wie zugeschnürt, und sie wünschte sich weit fort. Jetzt beneidete sie die Helden in ihren Büchern kein bisschen mehr. Diese Abenteuer waren ja in Wirklichkeit alles andere als lustig! Gerade wollte sie ihrem Freund gestehen, wie sehr sie sich fürchtete, als beide von einer Windböe ergriffen und heftig hin und her geschüttelt wurden.

»Halt dich gut fest, Lilli! Jetzt wird's stürmisch!«, rief Aristobül.

Das Mädchen tat wie ihm geheißen. Es klammerte sich noch fester an Aristobüls Hals und suchte mit den Füßen

Halt zwischen seinen Schuppen. Je weiter sie in die finstere Wolkenwand vordrangen, desto stärker blies ihnen der Wind entgegen. Gewaltige Blitze zuckten gefährlich nahe an ihren Köpfen vorbei. Offensichtlich funktionierte die Drachenabwehranlage ausgezeichnet. Aristobül ließ sich jedoch nicht beirren und versuchte, so dicht wie möglich an die Schwarze Insel heranzufliegen. Er war ihr nun schon gefährlich nah gekommen, aber ihnen blieb keine andere Wahl. Andernfalls hätte Lilli nicht die geringste Chance gehabt, heil auf die Insel zu gelangen. Als der Drache etwa bis auf fünfzig Meter herangekommen war, begann er, das mächtige Tau auszurollen, das sie mitgebracht hatten. Der Sturm wütete nun immer heftiger, und Lilli fand, dass es keine Rolle spielte, aus welcher Entfernung sie sich an dem Seil hinablassen würde. Das war doch der reinste Irrsinn! Eines jedenfalls stand fest: Sie würde auf jeden Fall in die Tiefe stürzen!

Die Blitze zuckten immer dichter an Aristobül vorbei. Er hatte Mühe, das Gleichgewicht zu halten, und ruderte heftig mit den Flügeln. »Lilli, jetzt oder nie! Ich halte nicht mehr lange durch!«, brüllte er gegen den tosenden Sturm an.

Das Mädchen nahm all seinen Mut zusammen, holte noch einmal tief Luft und ließ sich dann ein Stückchen am Hals ihres Freundes hinabgleiten. Es streckte die Hand aus und tastete nach dem Seil, das der Drache fest in seinen Klauen hielt. Doch durch den Wind wurde es heftig hin und her geschleudert, sodass Lilli es nicht zu fassen bekam. Den linken Arm fest an den Hals des Drachen geklammert, beugte sie sich noch etwas weiter hinunter. Da schlug plötzlich unmittelbar neben ihnen ein Blitz ein und traf Aristobüls Flügelspitze. Er jaulte vor Schmerz laut auf und machte einen Satz nach vorne. Lilli verlor das Gleichgewicht, ließ den Hals des Drachen los und hatte einen Augenblick das Gefühl, in der Luft zu schweben. Doch gleich darauf befand sie sich im freien Fall und wurde in die Tiefe gerissen. Jetzt war alles aus! Ihr letztes Stündlein war gekommen! Der Schrei, der ihrer Kehle entwich, wurde vom Brausen des Sturmes verschluckt. Da flog plötzlich vor ihren Augen etwas durch die Luft. Es war das Seil! Reflexartig griff sie danach. Ihre Hände schmerzten zwar, als sie es zu fassen bekam, aber es gelang ihr dennoch, sich daran festzuklammern. Sie schlang es um ihren Körper und war vorerst gerettet. Ihr Herz klopfte zum Zerspringen, sie hatte die Lider geschlossen und die Zähne zusammengebissen. Erst nach einer Weile wagte sie, die Augen wieder aufzuschlagen.

Oben in der Luft hielt Aristobül trotz seines versengten Flügels immer noch die Stellung. Lilli ließ sich langsam weiter hinuntergleiten, bis sie endlich festen Boden unter den Füßen spürte. Sie fühlte sich noch ganz benommen, und ihr war ziemlich flau im Magen. Der Drache holte das Seil wieder ein und blies eine gewaltige Flamme in die Luft, um seiner Freundin Mut zu machen. Dann stieg er rasch höher in den Himmel hinauf, um sich vor Camillas Blitzen in Sicherheit zu bringen.

Lilli war nun ganz allein auf der Schwarzen Insel. Sie strich sich die Haare glatt und schulterte ihren Rucksack. Ihr blieben vierundzwanzig Stunden Zeit, um die Burg zu erkunden und das Buch von Zaratozzino zu finden. Aristobül wollte sich in der Nähe der Insel bereithalten, um sie zum vereinbarten Zeitpunkt wieder abzuholen.

Das Mädchen blickte sich um. Es befand sich mitten in einer Steinwüste, über der eine undurchdringliche schwarze Ascheschicht lag. Ein paar Hundert Meter entfernt erhoben sich die schauerlichen Umrisse von Camillas Burg. Lilli atmete tief durch, rückte ihre Brille zurecht und machte sich auf den Weg. Sie fühlte sich nicht besonders wohl in ihrer Haut und hob einige Male den Kopf, in der Hoffnung, Aristobül noch ein letztes Mal zu sehen. Aber am schwarzen Himmel über ihr war weit und breit nichts zu erkennen, und so blieb Lilli nichts anderes übrig, als all ihren Mut zusammenzunehmen und ihren Weg fortzusetzen. Dabei hätte sie in diesem Augenblick alles dafür gegeben, um an einem anderen Ort zu sein: in der Schule zum Beispiel, im Geschichtsunterricht. Wenn das Ganze doch nur ein Albtraum wäre, aus dem sie aufwachen könnte, um in ihr vertrautes, ruhiges Leben zurückzukehren!

Der Boden war bedeckt mit brüchigen, schwarzen Steinen, und Lilli geriet mehrmals ins Straucheln. Der Wind hatte kein bisschen nachgelassen, und es gelang dem zierlichen Mädchen nur mit Mühe, dagegen anzukämpfen. Es kam ihm vor wie eine halbe Ewigkeit, bis es endlich an der

Festung anlangte. Die Steine, aus denen sie erbaut worden war, mussten ursprünglich einmal weiß gewesen sein. Inzwischen waren sie jedoch von einer dicken Rußschicht überzogen, die sich offenbar vor langer Zeit darauf abgelagert hatte. Es gab ein riesiges Burgtor, aber das schmiedeeiserne Fallgitter war hinuntergelassen worden, sodass man nicht hineingelangen konnte. Alle Fenster waren mindestens zehn Meter über dem Boden angebracht.

Weit und breit war niemand zu sehen, was bei diesem Unwetter allerdings auch wenig verwunderte. Lilli wollte nur noch eines – sich vor dem tosenden Sturm in Sicherheit bringen. Vorsichtig schlich sie um die Burg herum und suchte nach einer Möglichkeit, hineinzugelangen. Nachdem sie das gewaltige Gemäuer fast umrundet hatte, entdeckte sie endlich ein unscheinbares, verrostetes Törchen. Es klemmte zwar ein wenig, ließ sich jedoch öffnen. Lilli stieß einen erleichterten Seufzer aus. Jetzt war sie in der Burg, sie hatte es geschafft! Camilla war zwar bestens gegen eine Dracheninvasion gerüstet, aber sie hatte offenbar nicht damit gerechnet, dass ein kleines, zehnjähriges Mädchen hier herumschleichen würde …

An den Kellerwänden, die ebenso schwarz waren wie die Außenmauern, hatte man in regelmäßigen Abständen Fackeln angebracht. Ihr Schein wurde von der Dunkelheit jedoch fast völlig verschluckt. Lilli wusste nicht, in welche Richtung sie sich wenden sollte, und ging schließlich nach links. Sie gelangte in einen finsteren, schlauchartigen Gang, der kein Ende zu nehmen schien. Die Luft war feucht, und es roch eigenartig.

»Um nichts in der Welt würde ich hier leben wollen, selbst wenn ich die abscheulichste Hexe der Welt wäre!«, sagte sich Lilli, angeekelt von dem modrigen Geruch, der aus dem Boden aufstieg. »Dabei hat Camilla doch das Große Buch von Zaratozzino und könnte mit ein paar Zauberformeln alles ganz chic einrichten!«, murmelte sie vor sich hin.

Inzwischen war sie an einer Weggabelung angekommen und wandte sich nach rechts. Auf einmal meinte sie, ein entferntes Geräusch zu vernehmen – es hallte wie dumpfes Hämmern von den Wänden wider. Ohne zu wissen, wohin der Weg sie führen würde, folgte sie dem Geräusch. Nach einer Weile stand sie vor einer mächtigen hölzernen Tür. Sie hatte eine kleine, vergitterte Öffnung, die jedoch so weit oben angebracht war, dass Lilli nicht hindurchschauen konnte. Behutsam drückte sie die Klinke herunter und fand die Tür zu ihrer Überraschung unverschlossen. Dahinter befand sich eine schmale Empore. Lilli machte vorsichtig zwei Schritte nach vorne und beugte sich über das Geländer. Das schwache Flackern eines Kaminfeuers erhellte den riesigen Saal zu ihren Füßen. Im Halbdunkel nahm sie zwei am Feuer dösende Männer wahr und eine Unmenge riesiger, unförmiger Gebilde, die am Boden lagen. Ein gleichmäßiges Brummen erfüllte die Luft. Obwohl sich Lillis Augen längst an die Dunkelheit gewöhnt hatten, konnte sie nicht erkennen, was das für schwarze Ungetüme waren, die sich dort unten befanden.

Lilli schlich geduckt die Empore entlang, die den ganzen Saal umgab. Nach einigen Metern stieß sie auf eine Treppe. Sie dachte an die beiden schlafenden Männer am Feuer und zögerte. Aber der Kamin befand sich am anderen Ende des Saales, und Lilli nahm sich vor, ganz leise zu sein. Ihr Fuß suchte tastend die erste Stufe, dann die zweite, die dritte, und kurz darauf war sie schon unten angekommen. Aus der Nähe wirkten die Ungetüme noch viel größer. Außerdem waren es bedeutend mehr, als sie von oben hatte erahnen können. Lilli hatte plötzlich das Gefühl, zu wissen, um was es sich handelte, aber sie wagte nicht, den Gedanken zu Ende zu denken ... Da bewegte sich plötzlich etwas in der Menge, ein langer Hals reckte sich nach vorn. Es war ein Drache! Das alles waren Drachen, Hunderte von Drachen, die auf dem Boden ein Schnarchkonzert gaben. Daher rührte auch das unablässige Brummen! Lillis Herz begann wie wild zu hämmern. Sie hatte die Drachen gefunden! Sie waren alle hier versammelt! Eigentlich war es ja gar nicht so schwer gewesen.

Jetzt musste sie nur noch irgendwie die Aufmerksamkeit der Drachen erregen, ihnen zeigen, dass man sie nicht vergessen hatte und dass sie bald frei sein würden! Vorsichtig näherte sie sich dem Drachen, der ihr am nächsten war, und streckte die Hand aus, um sie jedoch gleich erschrocken wieder zurückzuziehen. Was war mit ihm geschehen? Die Drachen, die sie kannte, fühlten sich trotz ihres Panzers warm und geschmeidig an. Aber dieser hier war eiskalt, und seine Schuppen fühlten sich hart und körnig an, als wären sie aus Stein. Lilli berührte noch einige andere Drachen, die in der Nähe lagen, aber sie befanden sich alle im gleichen Zustand. Vielleicht hatten sie ja eine schreckliche Krankheit?

Lilli strich sanft über die Flanke eines kleineren Drachen, um ihn zu wecken. Ohne Erfolg. Sie versuchte es noch einmal. Plötzlich hob der Drache den Kopf, um sich zu kratzen. Es war Mimibel. Was für ein glücklicher Zufall!

Die Drachendame sah Lilli aus glasigen Augen an.

»Mimibel, ich bin's, Lilli«, flüsterte das Mädchen aufgeregt. »Ich bin gekommen, um dich zu befreien!«

Lilli sprach sehr leise, aber da sie wusste, dass Drachen ein ausgezeichnetes Gehör hatten, würde Mimibel sie bestimmt verstehen. Doch die Drachendame reagierte nicht und starrte Lilli weiterhin ausdruckslos an.

»Mimibel! Bitte, sag was oder gib mir ein Zeichen, dass du mich verstanden hast!«, flüsterte Lilli eindringlich. Doch wieder erhielt sie keine Antwort.

»Mimibel!«, rief Lilli, diesmal etwas lauter. Aber leider hatte sie nun die beiden Wächter geweckt. Sie sprangen gleichzeitig auf und sahen sich überrascht um.

Lilli biss sich auf die Lippen. Ihre Kehle war wie zugeschnürt. Rasch duckte sie sich hinter Mimibel und hoffte, dass die Männer sie in der Dunkelheit nicht entdecken würden. Doch da erhob sich die Drachendame plötzlich und schlug heftig mit den Flügeln, ganz so, als wolle sie Lilli verraten!

Der einzige wache Drache in der Menge seiner schlafenden Artgenossen erregte sofort die Aufmerksamkeit der Wächter, die jetzt quer durch den Saal zu Mimibel hinüberrannten. Lilli sah nur einen Ausweg. Sie lief geduckt zwischen den dösenden Drachen hindurch, die ein lebendiges Labyrinth bildeten. Ihre Verfolger, die das Mädchen mittlerweile entdeckt hatten, fluchten wütend. Als sie sich kurz umwandte, bemerkte Lilli mit Schrecken, dass sich die Drachen jeweils erhoben, um zu zeigen, wo sie sich befand. Keuchend lief sie weiter in Richtung Treppe und versuchte, ihren Verfolgern zu entkommen. Doch da stolperte sie plötzlich über einen dicken Drachenschwanz und schlug der Länge nach hin. Sie war verloren! Lilli wurde gepackt und grob in die Höhe gezerrt. Sie schaute in zwei hochrote, grimmige Gesichter, die sie aus funkelnden Augen böse musterten. Lilli bemerkte erstaunt, dass die beiden Wächter einander glichen wie ein Ei dem anderen.

Die Nacht in Schwefelstein war so finster, dass Gedeon nicht einmal seine Klaue vor Augen sehen konnte. Um die Dunkelheit zu durchdringen, ließ er ein kleines Flämmchen aus seinen Nüstern züngeln. Er spürte, dass in dieser Nacht irgendetwas anders war als sonst.

Es hatte damit angefangen, dass der Vulkan, an den

Schwefelstein angrenzte, auf einmal heftig gebebt hatte. Das war schon seit einer Ewigkeit nicht mehr vorgekommen und sehr besorgniserregend wegen der wertvollen Dracheneier, die im Innern des Kraters von Schwefelfels lagerten. Dann war der Tag überraschend schnell zu Ende gegangen, als hätte jemand mit einem Schalter das Licht ausgeknipst.

Mittlerweile gab es nur noch fünfzehn Drachen in Schwefelstein. Obwohl sie die Kontrollgänge unaufhörlich fortgesetzt und alles getan hatten, um die Turmuhr zu verteidigen, waren ihre Artgenossen weiterhin verschwunden. Einer nach dem anderen hatte sich in Luft aufgelöst. Einmal hatte Gedeon gemeint, den Schatten einer menschlichen Gestalt in der Dunkelheit zu erkennen. Sein Herz hatte einen Freudensprung gemacht, denn er hatte geglaubt, Lilli sei zurückgekehrt. Aber dann war der Schatten ebenso schnell wieder in der Finsternis untergetaucht.

Jetzt saß Gedeon zusammen mit den noch verbliebenen Drachen im großen Saal des Rathauses. Keiner sagte ein Wort. Man sah nur die Flammen aus den Nüstern der Drachen züngeln und hörte ihren rauen, rasselnden Atem.

Plötzlich ertönte ein dumpfer Knall, die Tür des Rathauses sprang auf und schlug voller Wucht gegen die Mauer. Die Drachen zuckten zusammen und löschten gleichzeitig ihre Flammen. Einen Augenblick schien die Zeit stillzustehen, dann huschte der Schein einer Fackel über die Porträts der ehemaligen Bürgermeister von Schwefelstein, die an den

Wänden hingen. Eine Gestalt zeichnete sich im Lichtkegel ab. Es war ein magerer Mann von mittlerer Größe. Ein grausames Lächeln entstellte seine zerfurchten Züge.

Gedeon, der die letzte Drachenautorität der Himmelsinseln verkörperte und seiner Verantwortung bis zum Schluss gerecht werden wollte, fasste sich als Erster. Er erhob sich und stieß drohend hervor: »Wer sind Sie, und was wollen Sie hier mitten in der Nacht?«

»Wer ich bin, geht euch gar nichts an«, erwiderte der Mann schneidend. »Und was ich hier will ... Nun, mir scheint, ich habe schon alles gefunden, wonach ich gesucht habe!«, fuhr er böse fort und hob seine Fackel, um die Drachen besser sehen zu können.

»Dann sind Sie also dafür verantwortlich, dass wir aussterben?«, brüllte Gedeon zornig. Auch die anderen Drachen hatten sich jetzt erhoben und schlugen drohend mit ihren gewaltigen Schwänzen auf den Boden.

»Das kann man wohl sagen!«, zischte der Mann höhnisch.

Mit furchterregendem Gebrüll warfen sich die Drachen ihrem Feind entgegen. Sie hatten die Krallen ausgefahren und spien gewaltige Flammen. Es würde ihnen ein Leichtes sein, diesen Wicht zu überwältigen! Doch sie kamen gar nicht dazu, dem Eindringling auch nur ein einziges Haar zu krümmen. Er rief einige Worte in einer fremden Sprache. Gedeon und die anderen Drachen hielten plötzlich in der Bewegung inne und erstarrten. Dann breitete sich ein Gefühl der Leere in ihnen aus, und sie verloren das Bewusstsein.

Lilli wurde von den beiden identisch aussehenden Männern durch die endlosen Gänge der Burg gezerrt. Sie hatten das Kellergewölbe nun verlassen und waren in einem der oberen Geschosse angelangt. Je höher sie stiegen, desto heller und prunkvoller wurden die Gänge. An den Wänden aus weißem Marmor hingen kostbare mittelalterliche Teppiche, die Prinzessinnen zeigten, denen Einhörner und andere Fabelwesen aus der Hand fraßen. Goldene Fackeln erleuchteten die Gänge und warfen ihr warmes Licht auf die Wandteppiche. Endlich blieben die beiden Männer vor einer kunstvoll geschnitzten, honigfarbenen Tür stehen. Einer von ihnen klopfte zweimal unterwürfig.

Eine Frauenstimme antwortete munter: »Herein!«

Der Mann, der geklopft hatte, öffnete behutsam die Tür, trat ins Zimmer und ließ Lilli in der Obhut seines Doppelgängers zurück. Zunächst hörte man nur leises Stimmengemurmel, bis die Frau schließlich rief: »Man führe das Mädchen herein!«

Lilli wurde grob vorwärtsgestoßen und stolperte über einen schweren Teppich, der fast das gesamte Parkett bedeckte. Sie sah auf und erblickte eine zierliche junge Frau. Ihre langen, kastanienbraunen Haare waren zu einem Zopf geflochten und mit den gleichen Goldfäden durchwirkt wie auch ihr pfirsichfarbenes Prinzessinnengewand. Sie entsprach nicht im Geringsten Lillis Vorstellung von einer bösen Zauberin. Ihr mädchenhaftes Gesicht war wunderschön. Die großen braunen Augen strahlten sanft. Es war zweifellos Camilla.

Sie winkte das Mädchen zu sich heran. Lilli machte zaghaft zwei Schritte nach vorn. Nun trat Camilla auf sie zu, fasste sie am Kinn und betrachtete ihr Gesicht.

»Na, wen haben wir denn da? Ein kleines Menschenkind! So etwas habe ich lange nicht gesehen. Darf ich fragen, was dich zu mir führt?«

Lilli presste die Lippen zusammen. Sie war fest entschlossen, dieser Hexe nicht das Geringste zu verraten.

»Du willst es mir wohl nicht freiwillig sagen, was? Na, dann lass mich raten ... Diese dämlichen Drachen haben dich geholt, damit du ihnen hilfst? Sie sind so einfältig, dass sie sich zweifellos einbilden, ein kleines Mädchen wie du könnte sie vor dem Untergang retten!«

»Wo-woher wissen Sie das?«, stotterte Lilli, bevor sie sich eines Besseren besinnen konnte. Wie war es Camilla bloß gelungen, sie so schnell zu durchschauen?

»Du wirst bald lernen, dass ich alles weiß, meine Liebe. Ich habe meine Augen überall. Ich frage mich nur, ob sie dich zufällig ausgewählt haben. Das ist schon eigenartig ...«

»Was ist eigenartig?«, wagte Lilli zu fragen, die nicht verstanden hatte, worauf Camilla hinauswollte.

»Nichts, nichts, meine Kleine! Das ist jetzt nicht wichtig! Bald werden sich all diese Dinge ohnehin erübrigt haben. Aber es war auf jeden Fall sehr mutig von dir, allein hierherzukommen. Du musst wissen, dass ich mutige Mädchen ganz besonders schätze.«

Camilla trat ein wenig zurück und betrachtete Lilli prüfend.

»Du bist recht hübsch mit deinen großen grauen Augen. Nur diese scheußliche Brille solltest du abnehmen! Eine kleine Zauberformel könnte da helfen ... Und eine neue Garderobe könnte dir auch nicht schaden! Ich werde herrliche Seidenkleider für dich anfertigen lassen. Du darfst sogar die Farben selber auswählen.«

Wovon redet sie denn bloß?, fragte sich Lilli verwirrt. Warum wollte Camilla Kleider für sie schneidern lassen und sie von ihrer Kurzsichtigkeit heilen? Was hatte das alles zu bedeuten?

»Wir werden genug Zeit haben, um über all diese Dinge zu reden, meine Liebe! Du bist genau zur rechten Zeit gekommen, um dir die Vorstellung anzusehen. Folge mir!«

6. Kapitel
Die verzauberten Drachen

Lilli fügte sich in ihr Schicksal, da ihr ohnehin keine andere Wahl blieb. Mit gesenktem Kopf trottete sie hinter Camilla her, die einen eleganten Umhang aus weißem Pelz übergeworfen hatte und gebieterisch voranschritt. Wenig später gelangten sie in den Burghof. Die Luft war kühl, aber von dem Unwetter, das um die Burg herum tobte, war seltsamerweise nichts zu spüren. Innerhalb der Mauern schien eine Art magisches Klima zu herrschen. Es war, als öffne sich ein Fenster in den blauen Himmel, das genau die Ausmaße des gepflasterten Innenhofes hatte. Zahlreiche Soldaten in gepanzerten Rüstungen hielten Wache. Lilli lief es eiskalt den Rücken hinunter, als sie bemerkte, dass die Männer alle genauso aussahen wie die beiden Soldaten, die sie gefangen genommen hatten.

Camilla blickte fortwährend zum Himmel hinauf und schien auf etwas zu warten. Sie schritt unruhig auf und ab, und ihre eleganten Schuhe, die passend zu ihrem Cape mit weißem Fell bezogen waren, klapperten laut auf dem Pflaster. Plötzlich blieb sie vor einem Soldaten stehen, der vor dem Fallgitter Wache hielt, und rüttelte ihn heftig an der Schulter.

»Aber wo bleiben sie denn nur?«, fragte sie ungeduldig.

»Sie müssten jeden Moment eintreffen, Euer Hoheit!«, erwiderte der Wachtposten unterwürfig und rückte seinen Helm zurecht.

Lilli war nun auch neugierig darauf, zu erfahren, welches Schauspiel Camilla ihr vorführen wollte. Plötzlich setzte sich das mächtige Gitter knirschend in Bewegung. Stück für Stück wurde es nach oben gezogen und gab den Blick frei auf die trostlose Wüstenlandschaft vor der Burg. In der Ferne war eine Art dunkle Wolkenformation zu sehen, die rasch näher kam. Schließlich wurde ein Gewirr aus riesenhaften Körpern und Flügeln erkennbar. Lilli konnte ihren Augen kaum trauen: Das waren doch Drachen! Auf einmal bemerkte sie mit Schrecken, dass sie alle von Camillas Soldaten geritten wurden. Wenig später erreichte die Gruppe die Schwarze Insel und versammelte sich im Burghof. Die Drachen sahen aus, als wären sie mit einer dicken Kohleschicht bedeckt. Ihre Augen waren wie erloschen, und sie schienen nicht zu wissen, was um sie herum geschah. Lilli erkannte unter ihnen auch Gedeon.

»Gedeon!«, rief sie erschrocken und stürzte auf ihn zu. Doch der Drache zeigte keine Reaktion. Er wirkte wie betäubt.

»Gedeon!«, wiederholte sie flehend. »Ich bin's, Lilli! Sag doch was, bitte!«

Aber der Drache blieb stumm. Er schien das Mädchen nicht einmal zu bemerken. Lilli spürte, dass ihm etwas Schreckliches zugestoßen sein musste. Warum erkannte er sie nicht, und warum wirkte er nur so unbeteiligt? Sie begann mit ihren Fäusten auf den harten, rauen Panzer einzutrommeln, der den Körper ihres Freundes umschloss.

»Gedeon, bitte, antworte mir doch«, schluchzte Lilli verzweifelt. Sie konnte die Tränen nicht länger zurückhalten. Genau wie Mimibel erweckte Gedeon den Eindruck, als sei er innerlich erloschen.

»Dein Jammern ist völlig zwecklos, meine Kleine!«

Camilla lachte höhnisch und riss Lilli unsanft von der Seite des Drachen. »Er kann dich nicht hören. Er ist taub. Die Drachen, die du hier siehst, sind die letzten, die sich mir widersetzt haben. Jetzt gehören sie alle mir! Haha!«

Camillas schönes Gesicht war hassverzerrt, und ihr schauriges Lachen wurde tausendfach von den Wänden des Burghofs zurückgeworfen. In Lillis Kopf hallte das Echo noch minutenlang nach. Sie hatte das Gefühl, jeden Moment den Verstand verlieren zu müssen, und wünschte sich einen Moment lang, auch taub zu sein wie die Drachen.

Als das Echo von Camillas Lachen endlich verklungen war, senkte sich Totenstille über den Burghof. Lilli sah sich traurig um. All ihre Freunde waren gefangen und hatten ihr Gehör verloren. Sie konnte sich ihnen nicht verständlich machen und wusste nicht, wie sie ihnen helfen sollte.

Doch dann keimte ein Fünkchen Hoffnung in ihr auf.

Vielleicht war ja doch noch nicht alles verloren, denn Camilla hatte übersehen, dass ein einziger Drache noch frei war: Aristobül! Bestimmt hielt er sich irgendwo versteckt und wartete darauf, Lilli wie vereinbart wieder abzuholen. Sie hatte also noch eine Chance zu entkommen, nur durfte sie sich jetzt auf keinen Fall verraten!

Lilli wandte sich an Camilla, die triumphierend die Schar der gefangenen Drachen betrachtete. »Was haben Sie jetzt mit mir vor? Werden Sie mich auch taub machen?«, fragte sie erbittert. Sie war so voller Groll gegen die Zauberin, dass ihre Angst plötzlich wie weggefegt schien.

»Aber nein, meine Liebe, wie kommst du denn darauf? Mit dir habe ich ganz andere Pläne! Ich habe schon immer von einer Tochter geträumt, an die ich all mein Wissen weitergeben könnte und die eines Tages, wenn ich genug von allem habe, meine Nachfolge antreten würde. Um unsterblich zu werden, musste ich darauf verzichten, eigene Kinder zu bekommen. Ich habe aber schon länger über eine Adoption nachgedacht … und ich kann mir niemanden vorstellen, der dafür besser geeignet wäre als du. Du bist mutig und intelligent. Ich werde etwas ganz Besonderes aus dir machen!«

»Und wenn ich mich weigere?« Lilli war ganz übel geworden bei dem Gedanken, eine ebenso schwarze Seele zu bekommen wie Camilla. »Ich habe schon eine Mutter! Sie liebt mich trotz all meiner Fehler und tut niemandem etwas Böses.«

»Du hast wirklich Humor, Lilli. Aber ich bin sicher, du wirst dich rasch bei mir eingewöhnen. Und was deine werte Frau Mama angeht: Ein kleiner Zauberspruch, und schon hat sie vergessen, dass du jemals geboren wurdest!«

Lilli ballte die Fäuste und presste trotzig die Lippen aufeinander. Niemals würde sie zulassen, dass ihre Mutter sie vergaß, so weit durfte es einfach nicht kommen! Die Drachen hatten gut daran getan, diese bösartige Hexe für immer unschädlich machen zu wollen, und sie war wild entschlossen, Camilla eigenhändig wieder hinter Gitter zu bringen.

Die letzten Drachen waren inzwischen in das riesige Kellergewölbe hinuntergebracht worden, das Lilli entdeckt hatte, als sie in die Burg eingedrungen war. Camilla hatte sie selbst dorthin geleitet. Sie war bester Laune und genoss ihren Triumph in vollen Zügen. Lilli hingegen hatte den Wunsch geäußert, sich ein wenig auszuruhen. Auf Camillas Befehl hin war sie daraufhin von zwei Wachsoldaten in ihre Gemächer geführt worden, die sich im Obergeschoss der Burg befanden. Wie sich herausstellte, handelte es sich dabei um ein prächtig ausgestattetes Schlafzimmer, einen elegant möblierten Salon und ein luxuriöses Bad mit einer goldenen Badewanne. Lilli war völlig erschöpft in ihren Kleidern aufs Bett gefallen und sofort in einen tiefen, traumlosen Schlaf gesunken.

Am nächsten Morgen wurde sie von einem zaghaften

Sonnenstrahl geweckt, der durch die kostbaren Seidenvorhänge fiel und sie in der Nase kitzelte. Sie streckte sich, gähnte herzhaft und wähnte sich einen Moment lang zu Hause in ihrem Zimmer. Doch dann fiel ihr Blick auf die pompöse Einrichtung und den gewaltigen Kamin, der nahezu eine ganze Wand einnahm, und die Erinnerung an die vergangenen Ereignisse holte sie wieder ein.

Trotz der scheinbar ausweglosen Lage, in der sie sich befand, war Lilli voller Tatendrang. Sie sprang aus dem Bett und machte sich rasch ein wenig frisch. Sie kramte ein paar frische Kleider aus ihrem Rucksack hervor und schlüpfte hinein. Nachdem sie das restliche Stück Drachenkeks aus ihrem Proviantpaket gegessen und etwas Wasser getrunken hatte, überlegte sie, was jetzt zu tun war. Sie musste versuchen, das große Buch von Zaratozzino zu finden und von der Schwarzen Insel zu fliehen, um Aristobül zu treffen. Allerdings blieb ihr nicht mehr viel Zeit, denn die Zauberin konnte jeden Moment auftauchen. Sie beschloss, sich auf die Suche nach Camillas Salon zu machen, in den die Wachen sie am Vorabend gebracht hatten. Vorsichtig öffnete sie die Tür einen Spaltbreit und steckte den Kopf hinaus. Die Luft war rein. Sie wandte sich nach rechts und gelangte wenig später an zwei große Türen, die mit kunstvollen Schnitzereien verziert waren. Die erste der beiden Türen war verschlossen, aber die zweite ließ sich öffnen, und Lilli betrat einen wunderschönen, behaglich eingerichteten Raum, der von einem gewaltigen Himmelbett beherrscht wurde, das wie für eine Prinzessin gemacht schien.

Auf dem Bett waren zahlreiche kostbare Kleider in allen nur erdenklichen Farben ausgebreitet. Nach dem süßlichen Duft zu urteilen, der in der Luft hing, konnte dies nur Camillas Schlafgemach sein. Lilli sah sich suchend um, in der Hoffnung, einen Hinweis auf das Zauberbuch zu finden. Aber als sie eben Camillas riesigen Wandschrank öffnen wollte, hörte sie Stimmen, die rasch näher kamen. Mit klopfendem Herzen schlüpfte sie hinter einen der schweren dunkelroten Samtvorhänge am Fenster und hielt den Atem an. Die Stimmen waren jetzt undeutlich aus dem angrenzenden Raum zu hören, der durch eine halb geöffnete Tür mit dem Schlafgemach verbunden war. Auf Zehenspitzen schlich Lilli aus ihrem Versteck und spähte vorsichtig durch den Türspalt. Ihr Blick fiel auf zwei bequeme Ohrensessel, die vor einem mächtigen Kamin standen. Camilla lehnte am Fenster. Sie trug eine elegante blassblaue Robe und unterhielt sich mit einer Person, die Lilli nicht sehen konnte, da sie in dem Ohrensessel Platz genommen hatte, der mit dem Rücken zur Tür stand.

»Der Sieg rückt näher, mein Bester! Alle Drachen sind nun in unserer Gewalt. Morgen beginnen wir mit ihrer Ausbildung, und schon bald werden sie für die große Schlacht gerüstet sein. Ich kann es kaum mehr erwarten! Und du wirst an meiner Seite regieren. Bist du nicht auch schon ganz ungeduldig?«

»Aber natürlich, meine Teuerste! Ich freue mich unbändig darauf, als König an deiner Seite über die Himmelsinseln und die ganze Welt zu herrschen.«

Lilli zuckte zusammen, als sie die Stimme des Mannes hörte, denn sie kam ihr bekannt vor. Aber ihr wollte einfach nicht einfallen, wem sie gehörte …

»Ich werde das Mädchen nun holen lassen! Ich möchte, dass es der Ausbildung der Drachen beiwohnt und meine grenzenlose Macht zu spüren bekommt.«

»Wie es dir beliebt, meine Teuerste, aber bitte vergiss nicht, dass sie mich auf keinen Fall zu Gesicht bekommen darf!«

Bei diesen Worten erhob sich der Mann und trat ans Fenster. Obwohl Lilli ihn nur von hinten sehen konnte, erkannte sie ihn sofort an seinem seltsamen Haarbüschel: Es war kein anderer als Doppelbart, oder besser gesagt, Herr Zacharias, der Direktor ihrer Schule! Lilli bekam vor Aufregung einen Schluckauf und presste schnell die Hand auf ihren Mund.

Was um alles in der Welt tat Herr Zacharias denn hier? Konnte es wirklich sein, dass er Camillas Komplize war? Offensichtlich führte er ein Doppelleben! Und er wusste auch, dass die Zauberin eine seiner Schülerinnen gefangen hielt. Lillis Gedanken überschlugen sich, während sie leise in ihre Gemächer zurückschlich. Mit einem Schlag wurde ihr klar, warum Herr Zacharias auf keinen Fall gesehen werden wollte! Verständlich auch, dass Camilla sich gefragt hatte, ob es tatsächlich reiner Zufall war, dass die Drachen Lilli auserwählt hatten. Wobei sie auf diese Frage selbst keine Antwort wusste ... Sie war noch ganz in Gedanken vertieft, als die Tür zu ihrem Schlafgemach aufgestoßen wurde und Camilla auf der Schwelle erschien.

»Ah, wie ich sehe, bist du schon aufgestanden. Sehr schön! Wir werden nun gemeinsam frühstücken, und dann möchte ich dir etwas zeigen!«

»Kann ich auch Zaubern lernen, wie Sie es mir gestern versprochen haben?«, fragte Lilli scheinheilig.

»Möchtest du das denn gerne?« Camilla schien geschmeichelt.

»Oh ja! Ich habe immer schon davon geträumt, zaubern zu können!«

In diesem Punkt hatte Lilli immerhin nicht gelogen. Wenn sie schon eine Weile auf dieser scheußlichen Insel zubringen musste, dann wollte sie die Zeit wenigstens dazu nutzen, um einige Zaubersprüche zu lernen. Das konnte schließlich nie schaden!

Nach einem üppigen zweiten Frühstück wurde Lilli wieder in den Burghof geführt. Er erschien ihr noch gigantischer als am Vorabend, obwohl diesmal Hunderte von schwarzen, bewegungslosen Drachen dort versammelt waren, die geduldig auf etwas zu warten schienen. Bei diesem traurigen Anblick füllten sich Lillis Augen mit Tränen. Wie herrlich bunt ihre Freunde vorher geschillert hatten und wie vergnügt sie gewesen waren! Jetzt schienen sie

mehr tot als lebendig zu sein …
Camilla betrat das Podest neben dem Burgtor und ließ ihren Blick langsam über die gefangene Drachenherde schweifen, als wolle sie jeden einzelnen begrüßen. Dann hob sie plötzlich den rechten Arm und rief einen kurzen, schneidenden Befehl: *»Ansta!«*

Auf einmal erwachten alle Drachen aus ihrer Erstarrung. Sie hoben gehorsam die Köpfe und starrten Camilla aus leblosen Augen an.

»Ihr Drachen, hört die Stimme eurer Gebieterin! Ihr seid fortan in meiner Gewalt! Gemeinsam werden wir uns einer großen Herausforderung stellen. Heute beginnt eure Ausbildung. Wenn ihr euch fleißig und gelehrig zeigt, dürfte es nicht allzu lange dauern. Mit Unterstützung meiner Soldaten« – sie zeigte auf eine Reihe salutierender Männer in gepanzerten Rüstungen – »werde ich wahre Kampfmaschinen aus euch machen. Euer Panzer ist hart wie Stahl, eure Krallen sind scharf wie Dolche und eure Flammen verheerend. Ich werde eure Kraft noch vervielfachen, um die mächtigste Armee aller Zeiten aufzubauen. Seid tapfer, meine Drachen, und zeigt eurer Herrin, dass sie stolz auf euch sein kann!«

Camilla stieg von ihrem Podest hinunter und gab den Wachen ein Zeichen. Diese machten sich sofort eifrig ans Werk, teilten die Drachen in kleine Gruppen ein und verteilten Waffen und Zielscheiben.

Lilli betrachtete bekümmert die Drachenherde, die Camillas Befehlen willenlos gehorchte. Die Ausbildung war bereits in vollem Gange: Ein paar Drachen übten sich im Lanzenwerfen, andere spien Feuer um die Wette, und wieder andere hatten sich als Flugstaffel in die Lüfte geschwungen. Camilla beobachtete das Spektakel zufrieden und schien sich unbändig darüber zu freuen, dass ihre ehemaligen Feinde ihr nun wehrlos ausgeliefert waren. Ihre Wangen glühten und ihre Augen glänzten triumphierend. Strahlend wandte sie sich an Lilli, die die ganze Zeit betroffen geschwiegen hatte: »Na, wie gefällt dir das? Sind sie nicht herrlich anzusehen, diese kraftvollen Geschöpfe?«

Dann breitete sie die Arme aus.

»All dies hier gehört mir! Ich bin die mächtigste Zauberin unter der Sonne!«

Lilli schluckte und rang um Fassung.

»Ich dachte, die Drachen wären taub? Wie können sie dann Ihre Befehle hören?«, fragte sie zaghaft.

»Das sind sie auch. Aber dank des Zauberwortes gelangen meine Befehle direkt zu ihnen. Sie meinen, ihrem eigenen Willen zu folgen, dabei gehorchen sie alleine mir. Was für ein wundervoller Tag heute ist! Und nun habe ich auch noch eine Tochter gefunden!«

Mit einer überschwänglichen Geste drückte die Zauberin Lilli an sich, sodass es dem Mädchen fast den Atem verschlug. Camilla roch nach Maiglöckchen.

»Komm mit, ich werde dir jetzt einen einfachen kleinen Zaubertrick zeigen!«

Sie führte Lilli in einen riesigen Raum, der offenbar als Festsaal diente. Es gab einen gewaltigen Kamin, und die Wände waren mit Jagdtrophäen reich geschmückt. Unzählige Hirschgeweihe, ausgestopfte Wildschweinköpfe und Einhörner blickten ausdruckslos von den Wänden herunter. Inmitten des Raumes waren mehrere mächtige Eichentische zu einer langen Tafel aufgereiht worden.

»Pass gut auf! Es ist eine kleine Zauberformel für Anfänger, mit der man für kurze Zeit unsichtbar wird! Das Geheimnis besteht darin, dass sich deine Moleküle in der Luft so verschieben, dass du für andere nicht mehr zu sehen bist. Aber eins musst du dabei unbedingt beachten: Du kannst diesen Spruch nicht zweimal am selben Ort anwenden! Wenn sich deine Moleküle verschoben haben, kehren sie nach einer Minute wieder an ihren Platz zurück, und dort bleiben sie dann auch. Man kann sie nur einmal verändern. Hast du das verstanden?«

»Äh, ja … Ich glaube schon«, erwiderte Lilli zögernd.

»Sehr gut! Also, der Zauberspruch lautet: *Askazar – Melukar – Triffor*.«

Plötzlich war Camilla verschwunden. Dort, wo sie eben noch gestanden hatte, flirrte die Luft, so als würde Hitze aus dem Boden aufsteigen. Dann erschien sie so unvermittelt wieder, wie sie verschwunden war.

»So, jetzt du!«

Lilli bemühte sich, die fremd klingenden Zauberworte korrekt auszusprechen. Ihr Herz hämmerte wie wild, und sie fürchtete sich ein wenig, doch nichts geschah.

»Bravo!«, rief Camilla begeistert aus und klatschte in die Hände. »Du hast es gleich beim ersten Mal geschafft! Unter deinen Vorfahren muss eine große Zauberin gewesen sein!«

»Bin ich denn wirklich unsichtbar?«, fragte Lilli ungläubig und betrachtete prüfend ihre rechte Hand.

»Natürlich! Schau dich mal um!«

Der Raum um sie herum wirkte plötzlich verschwommen, so als seien sämtliche Formen und Farben verwischt worden. Lilli fühlte sich nicht ganz wohl in ihrer Haut, ihr schwindelte ein wenig, und sie schloss die Augen. Als sie sie aufschlug, war der Spuk vorbei, und sie war wieder sichtbar.

Nach diesem kleinen Zauberkunststück wurde das Mädchen auf sein Zimmer geschickt. Camilla wollte sich ungestört der weiteren Ausbildung der Drachen widmen.

Sobald Lilli alleine war, probierte sie die Unsichtbarkeitsformel ein paarmal aus und stellte fest, dass man sie tatsächlich nicht an derselben Stelle wiederholen konnte. Als sie meinte, die Formel sicher zu beherrschen, schlich sie aus dem Zimmer, um ihren Erkundungsgang durch die Burg fortzusetzen. Wenig später entdeckte sie ein riesiges Gewölbe, das vollgestopft war mit Büchern und Camilla offenbar als Bibliothek diente. Lilli suchte fieberhaft nach dem Großen Buch von Zaratozzino, aber natürlich war Camilla viel zu schlau, um es in der Bibliothek aufzubewahren, wo man es als Erstes vermuten würde. Immerhin stieß sie bei ihrer Suche auf ein anderes Zauberbuch mit dem Titel *Das Kleine Handbuch für Anfängerhexen*. Lilli ließ das Büchlein rasch in ihre Tasche gleiten. Bei Gelegenheit würde sie es sich näher ansehen ... Es war spät geworden, und sie machte sich rasch auf den Rückweg. Camilla würde sie bestimmt bald zum Abendessen rufen.

Wenig später saß sie der Zauberin wieder in dem riesigen Salon gegenüber, in dem sie auch schon das Frühstück eingenommen hatten. Beim Essen sprach Camilla fortwährend über die Ausbildung der Drachen. Endlich gelang es Lilli, sie zu unterbrechen: »Wozu soll diese Armee eigentlich gut sein?«

»Wenn meine Armee bereit ist, werde ich sie zur Erde senden, um die Menschheit ein für alle Mal zu vernichten. Keine menschliche Waffe wird dem Panzer eines Drachen etwas anhaben können. Die Menschen werden starr sein vor Entsetzen angesichts meiner unbesiegbaren Armee, und schon bald werde ich das ganze Universum beherrschen!«

Lilli spürte, wie ihr das Blut in den Adern gefror. Camillas Gesichtszüge hatten sich bei ihren letzten Worten in eine hasserfüllte Maske verwandelt. Ihr dämonisches Lachen erfüllte den gesamten Saal. Lilli wünschte sich weit fort, zurück auf die Erde, um alle vor dem bevorstehenden Angriff der Drachenarmee warnen zu können. Stattdessen saß sie wie versteinert da und konnte sich nicht rühren. Sie bemühte sich verzweifelt, ihr Entsetzen vor Camilla zu verbergen. Glücklicherweise war diese so sehr von der Aussicht auf ihren bevorstehenden Sieg beseelt, dass sie nichts zu bemerken schien. Endlich war das Abendessen vorüber. Lilli hatte kaum einen Bissen herunterbekommen und war froh, dass sie sich wieder in ihr Schlafgemach zurückziehen durfte.

Dort hielt sie es allerdings nicht lange aus. Heimlich schlich sie wieder in Camillas Schlafzimmer hinüber. Wie sie vermutet hatte, hielt sich die Zauberin im kleinen Salon auf und war mit Herrn Zacharias ins Gespräch vertieft.

Lilli huschte zurück in den Flur und von dort eine der großen Freitreppen hinunter, die sie tagsüber entdeckt hatte. Sie musste unbedingt das Gewölbe wiederfinden, in dem die verzauberten Drachen schliefen. Ohne jemandem zu begegnen, gelangte sie in den Keller und folgte dem Schnarchgeräusch, das inzwischen noch lauter geworden war. Wenig später stand sie auf der Empore oberhalb des riesigen Saales, in dem die Drachen schliefen. Glücklicherweise schliefen die Soldaten, die sie bewachen sollten, ebenfalls. So leise wie möglich schlich Lilli die Treppe hinunter. Diesmal wusste sie genau, wie sie sich verhalten musste, um keine Aufmerksamkeit zu erregen. Sie bewegte sich auf Zehenspitzen um die Körper ihrer schlafenden Freunde herum, bis sie Gedeon gefunden hatte. Er war leicht an seinem Zylinder zu erkennen. Sie lief leise zu ihm hin und flüsterte ihm einen knappen Befehl ins Ohr: *»Ansta!«*

Gedeon schlug sofort die Augen auf und hob den Kopf. Wie gut, dass Lilli sich das einzige Wort gemerkt hatte, auf

das die verzauberten Drachen reagierten!
»Gedeon, du wirst ab sofort nur mir gehorchen! Bring mich so leise wie möglich hier raus!«

Mit wild klopfendem Herzen schwang sich Lilli auf den Rücken des Bürgermeisters von Schwefelstein. Gleich würde sie wissen, ob das Zauberwort auch bei ihr seine Wirkung tat … Und tatsächlich, Gedeon gehorchte ihr und bahnte sich so geschickt, wie es seine Körperfülle zuließ, einen Weg zwischen den schnarchenden Drachen hindurch.

Von den schlafenden Wachen unbemerkt, erklomm der Drache die Treppe. Als sie schon fast oben angelangt waren, ächzte plötzlich eine morsche Stufe laut unter Gedeons Gewicht. Die beiden Wächter rieben sich erstaunt die Augen. Aber dieses Mal wusste Lilli sich zu helfen: Geistesgegenwärtig flüsterte sie die Unsichtbarkeitsformel und hoffte inständig, ihre Wirkung möge so lange anhalten, bis sie mit Gedeon das Kellergewölbe verlassen hatte. Die Wächter hoben ihre Fackeln, um den Saal zu erleuchten. Als jedoch alles still blieb und nichts Ungewöhnliches zu sehen war, ließen sie sich auf dem Boden nieder.

Lilli seufzte erleichtert, als die Moleküle an ihren ursprünglichen Platz zurückkehrten – das Mädchen und der Drache waren wieder sichtbar. Ohne weitere Zwischenfälle gelangten sie in den Burghof. Doch da wurden sie plötzlich von einem der wachhabenden Soldaten bemerkt, der sofort Alarm schlug. Die Männer rannten hektisch hin und her und riefen laute Befehle. Gedeon marschierte jedoch unbeirrt voran bis zur Mitte des Burghofes. Als er gerade seine Flügel ausbreiten wollte, um sich in die Lüfte zu schwingen, erschien Camilla im Hof.

»Ansta! Ansta!«, rief sie gellend, um die Kontrolle über den Drachen zurückzuerlangen.

Doch so schnell gab sich Lilli nicht geschlagen. Sie flüsterte dem Drachen immer wieder denselben Befehl ins Ohr, sodass Camillas Zurufe ihn nicht erreichen konnten. Die Stimme der Zauberin überschlug sich, während sie weiterhin auf den Drachen einschrie und wild gestikulierend über den Burghof lief. Schließlich tauchte auch noch Herr Zacharias auf, der vor Zorn krebsrot im Gesicht war.

»Lilli!«, brüllte er, »ich werde dich von der Schule verweisen!«

Diese Drohung war so lächerlich, dass das Mädchen nicht anders konnte, als loszuprusten.

»Lilli, du hast mich verraten! Meine Rache wird fürchterlich sein, mach dich auf das Schlimmste gefasst! Lilli …«

Camillas letzter Schrei verlor sich im gewaltigen Donnergetöse des Sturms, der draußen vor der Burg tobte. Aber die Drachenabwehranlage konnte ihnen nichts anhaben, denn nun thronte Lilli auf dem Rücken von Gedeon, der nicht nur taub, sondern auch unverwundbar geworden war.

Schon bald verschwand die Festung in den dunklen Wolken. Niemand folgte ihnen. Offenbar wollte die Zauberin auf keinen weiteren Drachen verzichten, um für die bevorstehende große Schlacht gerüstet zu sein.

»Flieg zur Verlorenen Insel!«, rief Lilli Gedeon zu. Der Drache beschrieb einen großen Bogen und schlug kräftig mit den Flügeln. Erschöpft schmiegte Lilli ihre Wange an den rauen Schuppenpanzer ihres Freundes. Der Himmel zog an ihnen vorüber, während sie überlegte, wie es jetzt weitergehen sollte …

7 Kapitel
Die Musik des Lebens

Lilli erwachte, blinzelte verschlafen und setzte sich im Bett auf. Verwundert blickte sie sich um: Sie befand sich in Camillas ehemaliger Kerkerzelle auf der Verlorenen Insel. Sie musste wohl auf Gedeons Rücken eingeschlafen sein, von der regelmäßigen Bewegung seiner Flügelschläge in den Schlaf gewiegt. An ihrem Kopfende lag Aristobül auf dem Boden und schnarchte vor sich hin. Als sie die Bettdecke zurückschlug, zuckte der Drache zusammen und öffnete die Augen.

»Lilli, endlich bist du aufgewacht! Ich bin so froh, dass dir nichts passiert ist!«

Er lächelte, sah jedoch müde und erschöpft aus. Der Glanz seiner Schuppen war verblasst, sie wirkten seltsam grau und stumpf, und die Spitzen seines ehemals prächtigen Schnurrbarts hingen traurig herab.

»Aristobül! Wie schön, dass du da bist!«

Lilli sprang aus dem Bett und schlang beide Arme um den Hals ihres Freundes. Wie gut es tat, ihn nach all diesen Strapazen wiederzusehen!

»Aber warum hast du nicht gewartet, bis ich gekommen bin, um dich abzuholen, wie wir es vereinbart hatten?«, wollte der Drache wissen. Das Mädchen hatte inzwischen an dem einfachen Holztisch Platz genommen, während Aristobül das Frühstück für sie zubereitete. Sie machte sich hungrig über das Essen her und berichtete derweil dem Drachen, was sich in Camillas Festung zugetragen hatte. Als sie fertig war, schüttelte Aristobül verzweifelt den Kopf.

»Das ist ja eine Katastrophe! Nicht genug damit, dass Camilla alle Drachen in ihre Gewalt gebracht hat! Jetzt sollen wir ihr auch noch dabei helfen, sich an den Menschen zu rächen!«

»Aber warum hasst sie die Menschen denn eigentlich so?«, fragte Lilli verständnislos.

»Wie du ja bereits weißt, wurde Camilla vor langer Zeit, im Mittelalter, geboren. Sie war die jüngste von sechs Töchtern eines reichen und mächtigen Königs. Dieser hatte stets auf einen Sohn als Thronfolger gehofft. Als die Königin ihr sechstes Kind erwartete, glaubte er, nun endlich den ersehnten Sohn zu bekommen. Nach Camillas Geburt jedoch war der König verbitterter als je zuvor. Nicht genug damit, dass ihm schon wieder eine Tochter geboren worden war. Nun hatte der Leibarzt der Königin ihm auch noch eröffnet, dass diese keine weiteren Kinder mehr bekommen könne. So musste der König die Hoffnung auf einen Sohn endgültig begraben und ließ die jüngste Tochter seine Verbitterung fortan besonders heftig spüren.

Camilla tat alles, um die Gunst ihres Vaters zu gewinnen, er aber strafte sie mit Missachtung. Sie begann, sich selbst dafür zu hassen, dass sie kein Junge war. Mit dem frühen Tod der Königin verschwand dann auch noch der einzige Mensch aus ihrem Leben, der ihr ein wenig Zuneigung entgegengebracht hatte. Während sie ihre eintönigen Tage damit verbrachte, ihr Haar zu flechten und mit ihren Schwestern alberne Spiele zu spielen, träumte sie davon, mit dem Vater auf die Jagd zu gehen, im Schwertkampf ausgebildet zu werden und an Ritterturnieren teilzunehmen. Allerdings war das damals natürlich völlig undenkbar.

Mit der Zeit wuchs Camilla zu einer wunderschönen Prinzessin heran. Nachdem sie all die Jahre vergeblich um die Anerkennung ihres Vaters gekämpft hatte, hoffte sie darauf, dass eines Tages ein Prinz kommen würde, um sie von ihrem eintönigen Dasein zu erlösen.

Als sie an einem sonnigen Morgen mit ihren Schwestern im Schlosspark spazieren ging, wurden die Mädchen von einem feurigen jungen Drachen überfallen. Theodül verschleppte die jüngste und schönste der sechs Königstöchter in seine Höhle. Für Camilla war dies zunächst fast wie eine Befreiung. Endlich war etwas Aufregendes in ihrem Leben geschehen!«

Aristobüls letzte Bemerkung stimmte Lilli nachdenklich, denn sie konnte sich nur allzu gut in die junge Camilla hineinversetzen.

»Theodül krümmte der Prinzessin zwar kein Haar und

überschüttete sie mit Gold und Edelsteinen, aber natürlich hoffte sie anfangs darauf, ihr Vater werde einen tapferen Prinzen aussenden, um sie zu befreien. Dann hätte sie endlich den Beweis dafür gehabt, dass sie dem König doch nicht völlig gleichgültig war. Aber die Zeit verging, und kein Prinz ließ sich blicken. Überhaupt schien niemand sie zu vermissen oder sich um ihr Wohl zu sorgen. So wuchs mit der Zeit ihre Verbitterung und ihr Hass auf die Menschen. Und für diese Schmach und Missachtung«, schloss Aristobül seine Erzählung, »will sie sich nun rächen.«

»Aber wir leben doch mittlerweile im einundzwanzigsten Jahrhundert!«, rief Lilli. »Wenn sie unbedingt auf die Jagd gehen und Turniere reiten möchte, wird sie niemand mehr daran hindern!«

»Ja, aber jetzt ist es zu spät«, erwiderte Aristobül. »Im Laufe der Jahrhunderte hat sich zu viel Hass in ihr angestaut. Und offensichtlich ist sie inzwischen auch noch größenwahnsinnig geworden.«

Lilli schmierte sich währenddessen schon das vierte Butterbrot. Sie hatte vor lauter Aufregung einen Bärenhunger.

»Jedenfalls hat sich Camilla jetzt einen sehr sonderbaren Prinzen ausgesucht. Es ist Herr Zacharias, unser Schuldirektor! Ich hätte nie gedacht, dass er die Himmelsinseln kennt, und schon gar nicht, dass er so schreckliche Pläne ausheckt!«

»Das gibt's doch nicht!«, rief Aristobül aus und schlug so heftig mit der Pranke auf den Tisch, dass alle Teller und

Tassen in die Höhe hüpften. »Das ist ja ein merkwürdiger Zufall! Was hat ausgerechnet dein Schuldirektor mit dieser ganzen Sache zu tun?«

Aristobül schenkte sich eine Tasse Tee ein und trank daraus in kleinen Schlucken, wobei er die kleinste Kralle elegant abspreizte. »Diese Geschichte wird immer undurchsichtiger!«

»Aber ist das wirklich Zufall?«, fragte Lilli nachdenklich. Seit sie Herrn Zacharias in Camillas Salon gesehen hatte, ließ ihr diese Frage keine Ruhe. »Ich meine, warum hast du ausgerechnet mich um Hilfe gebeten?«

»Das kann ich dir jetzt leider noch nicht sagen, Lilli«, erwiderte Aristobül ernst. »Aber du hast recht, es ist bestimmt kein Zufall ...«

Gedankenversunken starrte Lilli in ihre Teetasse, so als hoffte sie, des Rätsels Lösung dort zu finden.

»Wo ist eigentlich Gedeon?«, fragte sie dann unvermittelt. Erst jetzt war ihr der andere Drache wieder eingefallen.

»Gedeon schläft draußen vor dem Eingang. Er kann auch nichts mehr hören, genau wie all die anderen, nicht wahr?«

Aristobüls Stimme zitterte bei diesen Worten. Gedeon und er waren zusammen aufgewachsen. Er ertrug es kaum, seinen Freund in diesem jämmerlichen Zustand zu sehen.

»Ja, es ist schrecklich! Er ist vollkommen taub!«, bestätigte Lilli traurig.

Bei diesen Worten bedeckte Aristobül seine Augen mit den Klauen.

»Ich hätte die Drachen am liebsten alle mit hierhergebracht, aber das wäre viel zu gefährlich gewesen. Sag mal, Aristobül, warum verändert ihr euch eigentlich so sehr, wenn ihr nichts mehr hören könnt?«

»Ach Lilli, taub zu sein ist das Schlimmste, was einem Drachen passieren kann. Wie du weißt, haben wir von Natur aus ein sehr feines Gehör. Es dient nicht nur als Ausgleich für unsere schlechten Augen, sondern wir können damit auch die Musik hören.«

»Die Musik?«, fragte Lilli verständnislos. »Welche Musik denn?«

»Die Musik des Lebens! Die Musik der Sterne, der Wolken, der Berge und Bäume, des Mondes und der Sonne. Welch ein Jammer, dass ihr Menschen sie nicht hören könnt! Diese Musik erhält uns am Leben! Ohne sie verlieren wir unsere Seele und allen Lebensmut. Es ist fast so, als wären wir tot.«

Aristobül sackte betrübt in sich zusammen. Dicke Tränen rollten über seine Wangen und fingen sich in seinem langen Schnurrbart.

Lilli war ganz verzweifelt, ihn so zu sehen, wenn sie auch nicht genau verstand, was es mit dieser Musik des Lebens auf sich hatte. Mitfühlend reichte sie Aristobül ihre Serviette, damit er sich die Tränen trocknen konnte.

»Danke«, murmelte der Drache und schnäuzte sich

dann kräftig, bevor er fortfuhr: »Diesmal hat Camilla uns an unserer empfindlichsten Stelle getroffen. Was sollen wir nur tun?«

Lilli stand auf und ging nachdenklich in der Zelle auf und ab. Sie musste unbedingt eine Lösung finden! Nicht nur die Zukunft der Drachen stand auf dem Spiel ...

Derweil bebte Camilla immer noch vor Zorn. Dieses kleine Biest hatte sie doch tatsächlich an der Nase herumgeführt! Dabei wirkte diese Lilli so harmlos! Aber das Mädchen hatte sich bloß ihr Vertrauen erschleichen wollen, um bei der erstbesten Gelegenheit die Flucht zu ergreifen!

Camilla wandte sich mit wutverzerrtem Gesicht an ihren Komplizen und stieß zornig hervor: »Eusebius! Meine Rache an den Menschen wird fürchterlich sein!«

Ihre Stimme überschlug sich beinahe, und sie rang einen Moment nach Luft, bevor sie weitersprach: »Es ist nur recht und billig, dass ich die Menschen vernichten will. Sie haben es nicht anders verdient! Sie sind allesamt nichts als widerliche, verweichlichte, selbstsüchtige Betrüger!«

Herr Zacharias hatte sich tief in seinen Sessel gekauert und zwirbelte nervös sein Kinnbärtchen. Seine schmalen Hände zitterten. Dann gab er zurück: »Diese dreiste kleine Person wird noch alles vermasseln! Jetzt kennt sie das Zauberwort, um die Drachen zu beherrschen. Wir müssen sie so schnell wie möglich unschädlich machen! Wenn ich das nur gewusst hätte ... Aber ich hätte es niemals für möglich gehalten, dass uns ein dummes kleines Mädchen derart in die Quere kommen könnte. Was schlägst du vor, meine Teuerste?«

»Ich werde die Ausbildung der Drachen verkürzen und sie früher als geplant zur Erde senden! Außerdem schicke ich eine Spezialstaffel voraus, die sich der Familie dieser kleinen Verräterin annehmen soll. Danach wird sie sich wohl oder übel meinen Wünschen fügen müssen. Und dich bitte ich hiermit, ein letztes Mal nach Schwefelstein zu fliegen und die Erdzeituhr in Gang zu setzen. Du kennst die Zauberformel! Wenn die Zeit wieder läuft, muss das Mädchen so rasch wie möglich nach Hause zurückkehren und wird uns nicht länger in die Quere kommen!«

Während Lilli gemeinsam mit Aristobül über ihr weiteres Vorgehen beraten hatte, war ihr plötzlich das *Kleine Handbuch für Anfängerhexen* in den Sinn gekommen, das sie aus Camillas Bibliothek entwendet hatte. Doch leider war darin kein passender Zauberspruch verzeichnet, mit dem man tauben Drachen das Gehör wieder herbeizaubern konnte. So mussten sie wohl oder übel nach einer anderen Lösung suchen.

Endlich hatte Lilli eine Idee: Sie brauchten einen Arzt, um die Drachen zu untersuchen! Es musste doch irgendeine wirksame Medizin gegen die Taubheit ihrer Freunde geben! Da Doktor Baldur, der Drachendoktor, leider unten im Verlies von Camillas Burg gefangen war und ihnen nicht helfen konnte, waren sie übereingekommen, dass sie gemeinsam mit Gedeon auf die Erde zurückkehren mussten. Der Vater von Lillis Freundin Emma, die bei ihr im Haus wohnte, war nämlich Hals-Nasen-Ohren-Spezialist. Zwar kannte er sich bestimmt nicht mit Drachenohren aus, aber vielleicht würde er ihr ja trotzdem ein wirksames Mittel gegen Taubheit im Allgemeinen empfehlen können.

Es war nicht einfach gewesen, Aristobül von dieser Idee zu überzeugen. Die Vorstellung, sich einem weiteren Menschen zu zeigen, behagte ihm gar nicht, aber sosehr er sich auch den Kopf zerbrach, ihm war kein besserer Vorschlag eingefallen. Also erklärte er sich schließlich bereit, Lilli zu begleiten. Zunächst flogen sie jedoch mit Gedeon im Gefolge nach Schwefelstein, um die Erdzeituhr wieder in Gang zu setzen.

Sie landeten auf dem Marktplatz von Schwefelstein. Die Drachenstadt lag einsam und verlassen da. Lillis Herz zog sich zusammen bei dem Gedanken an die bunte Drachenschar, die sie hier nur wenige Tage zuvor noch so herzlich willkommen geheißen hatte.

Rasch überquerten sie den Platz und begaben sich zum Haus von Zali, dem Meister der Zeiten, um den Schlüssel für die Erdzeituhr und das Pergament zu suchen, auf dem Zali den entsprechenden Zauberspruch notiert hatte.

Es war eigentlich nicht üblich gewesen, die geheimen Formeln zur Beherrschung der Uhren niederzuschreiben. In früheren Zeiten waren sie nur mündlich weitergegeben worden, vom jeweiligen Meister der Zeiten an seinen Nachfolger. Aber als immer mehr Drachen verschwunden waren, hatte Zali sich schweren Herzens dazu durchgerungen, mit dieser Tradition zu brechen. Er musste ja damit rechnen, dass er jederzeit der Nächste sein würde, der spurlos verschwand.

Während Lilli und Aristobül fieberhaft Zalis Haus durchsuchten, ertönte draußen plötzlich ein gewaltiger Knall, der vom Marktplatz auszugehen schien. Danach klang es, als würde jemand einen schweren Gegenstand über das Pflaster ziehen.

Lilli spürte, wie sich ihre Nackenhaare sträubten. Was geschah dort draußen? Auch Aristobül sah sehr beunruhigt aus. Er runzelte seine buschigen Brauen und legte eine Kralle an seine Schnauze, um ihr zu bedeuten, dass sie sich still verhalten sollte.

Auf leisen Sohlen schlichen die beiden zum Rathaus. Lilli, die hinter dem mächtigen Körper ihres Freundes verborgen war, folgte diesem lautlos. Plötzlich blieb Aristobül unvermittelt stehen, sodass sie unsanft gegen ihn prallte. Sie waren am Ende der Gasse angelangt, die auf den Marktplatz führte, und spähten vorsichtig um eine Häuserecke.

Vor dem Rathaus warteten drei Drachen. Zwei von ihnen wurden von Soldaten geritten, der dritte Drache war führerlos. Offensichtlich hatte er Herrn Zacharias als Reittier gedient. Dieser stand auf der obersten Stufe einer Leiter und machte sich an den Zifferblättern der Turmuhr zu schaffen. Lilli hörte, wie er ein paar sonderbare Worte in einer fremdländisch klingenden Sprache rief, bevor er einen großen Schlüssel zückte und diesen in das Schlüsselloch der Erdzeituhr schob. Gleich darauf setzte sich das rostige Räderwerk mit lautem Knirschen in Bewegung. Herr Zacharias stieg die Leiter wieder hinunter und schwang sich auf seinen Drachen. Ohne einen Blick zurückzuwerfen, flog die Gruppe los und war schon bald am Horizont verschwunden.

Nachdem sie die Szene beobachtet hatte, begriff Lilli mit einem Mal, was sich in Schwefelstein während der letzten Monate zugetragen haben musste. Es war ihr Schuldirektor gewesen, der die Drachen nach und nach entführt hatte! Er hatte die Zauberformel die ganze Zeit über gekannt. Und für die Uhr von Schwefelstein hatte er noch nicht einmal einen Schlüssel gebraucht! Alles, was er tun musste, war, sich in der Nähe des Rathauses zu verstecken, den Zauberspruch zu sprechen und die Drachen zu verzaubern. Anschließend waren sie ihm willenlos gefolgt.

Es gab ihr einen Stich ins Herz, als sie an das Festessen in Schwefelstein zurückdachte: Damals hatte sie noch nicht geahnt, welch traurige Wendung die Dinge nehmen würden.

»Aristobül, das war Herr Zacharias! Er hat die Erdzeituhr wieder in Gang gesetzt, nicht wahr?«

»Ja, genau!«, schnaubte Aristobül grimmig. Der Drache hatte seinen langen Hals nach oben gereckt und einen Blick auf die Zifferblätter der fünfzehn Weltuhren geworfen.

»Offensichtlich hat er die Formel die ganze Zeit gekannt, und außerdem besitzt er den richtigen Schlüssel. Wie ist das nur möglich?«

»Camilla muss sie ihm verraten haben!«, sagte Lilli.

»Gut möglich, aber trotzdem ist da etwas, was mich irritiert.« Aristobül schien seltsam beunruhigt zu sein. »Dieser Herr Zacharias hat einen sehr eigenartigen Akzent, den ich schon lange nicht mehr gehört habe.«

»Aristobül, darüber kannst du unterwegs nachdenken!«, drängte Lilli ihren Freund. »Wenn er die Uhr wieder in Gang gesetzt hat, dann wird es nicht lange dauern, bis meine Eltern merken, dass ich fort bin. Wir müssen sofort aufbrechen!«

»Du hast recht. Lass uns losfliegen und diesen Hals-Nasen-Ohren-Arzt aufsuchen!«

Lilli schwang sich wieder auf den Rücken ihres Freundes, und gefolgt von Gedeon machten sie sich auf den Weg Richtung Erde.

»Warum hat Herr Zacharias die Zeit jetzt schon wieder laufen lassen?«, fragte Lilli ihren Freund unterwegs. »Camilla hatte diesen Schritt doch erst kurz vor der großen Schlacht geplant!«

»Das hängt sicher mit deiner Flucht zusammen, Lilli. Sie befürchtet bestimmt, dass du inzwischen Mittel und Wege gefunden hast, ihre Pläne zu durchkreuzen. Aber nun, da die Zeit auf der Erde wieder läuft, hofft sie, dass du so schnell wie möglich nach Hause zurückkehren wirst.«

8. Kapitel
Beim Hals-Nasen-Ohren-Arzt

Wenig später war Lilli mit Aristobül wieder zu Hause angekommen. Gedeon hatten sie im Schutze der Dunkelheit auf dem Dach zurückgelassen. Es gab noch immer keinen Strom, und über der ganzen Stadt lag Finsternis, sodass der Drache nicht leicht zu entdecken sein würde.

Im Zimmer schien alles unverändert. Nur die Kerzen, die Aristobül vor ihrem überstürzten Aufbruch angezündet hatte, waren inzwischen halb heruntergebrannt und warfen gespenstische Schatten an die Wände. Lilli sah prüfend auf ihren Wecker. Es waren knapp zwei Stunden vergangen, seit die Zeit auf der Erde wieder lief. Hoffentlich hatte inzwischen niemand ihr Verschwinden bemerkt!

Der Kissenberg unter ihrer Decke schien jedoch unberührt zu sein, und es sah tatsächlich so aus, als läge dort jemand im Bett. Lilli schlug die Decke zurück und fuhr sich mit beiden Händen durchs Haar, um es noch ein wenig zerzauster erscheinen zu lassen, was allerdings kaum möglich war. Im nächsten Moment schallte auch schon der laute Ruf ihrer Mutter quer durch die Wohnung: »Lilli, zum Donnerwetter noch mal! Es gibt Abendessen!«

»Ich komme sofort!«, rief das Mädchen hastig zurück. Ach, war das schön, die Stimme ihrer Mutter zu hören! Lilli winkte Aristobül kurz zu und legte den Finger an die Lippen, um ihm zu bedeuten, bis zu ihrer Rückkehr möglichst still zu sein. Dann schloss sie sorgfältig die Tür hinter sich, lief rasch ins Bad, wusch sich die Hände und hastete in die Küche.

»Sag mal, Lilli, hast du Tomaten auf den Ohren? Ich habe schon drei Mal gerufen. Gerade wollte ich nach dir schauen! Bist du etwa eingeschlafen?«

»Ja, Mama«, gab das Mädchen atemlos zurück. »Ich war so müde, und bei dem Kerzenlicht kann man ja sowieso nichts machen.«

Die Mutter hatte die Arme in die Hüften gestemmt und musterte ihre Tochter einen Augenblick verblüfft: »Wie siehst du eigentlich aus? Man könnte meinen, du hättest drei Nächte nicht geschlafen! Was ist nur los mit dir?«

»Nichts, Mama! Wirklich, es ist nichts. Ich bin nur ein bisschen erschöpft.«

»Fehlt bloß noch, dass du dir bei dem scheußlichen Regen heute eine Erkältung geholt hast! Wieso setzt du auch deine Kapuze nicht auf? Nie kannst du auf mich hören!«

Unterdessen war Lillis Vater nach Hause gekommen. Er strahlte übers ganze Gesicht und hielt einen sonderbaren

Regenschirm in der Hand, der die Form eines großen Gänseblümchens hatte.

»Seht mal, hier, meine neueste Erfindung! Passt doch prima zum Wetter. Mehrere Leute haben mich unterwegs gefragt, wo ich diesen großartigen Schirm herhätte. Das wird garantiert ein richtiger Verkaufsschlager!« Er klappte den Schirm zusammen und drückte zuerst seiner Frau und anschließend Lilli einen Kuss auf die Stirn.

»Na, mein Schatz, wie gefällt dir der Schirm? Ich habe ihn nämlich extra für dich entworfen!«

»Oh, das ist ja toll! Danke Papa!«, rief Lilli glücklich und fiel ihrem Vater um den Hals. Das anschließende Abendessen verlief ruhig. Im Kreis der Familie erschienen Lilli die vergangenen Tage auf einmal wie ein böser Traum. Ihr Vater erzählte munter von einigen verschrobenen Kunden, die immer ausgefallenere Kreationen bei ihm in Auftrag gaben. Ihre Mutter war weniger guter Laune, denn sie befürchtete, wegen des anhaltenden Stromausfalls mit ihrer Arbeit in Rückstand zu geraten. Leider waren ihre Kunden weitaus weniger humorvoll als die von Lillis Vater.

»Lilli und ich haben heute übrigens schon ein ernstes Gespräch miteinander geführt«, sagte die Mutter unvermittelt.

Der Vater runzelte die Stirn. »Soso.« Dann wandte er sich an seine Tochter: »Mama hat mir heute Morgen schon von dem Brief deiner Lehrerin erzählt. Das ist ja nicht sehr erfreulich.«

Um nicht noch einmal die gleiche Predigt über sich ergehen lassen zu müssen, die sie schon auswendig kannte, sagte Lilli schnell: »Ich habe darüber nachgedacht, Mama. Du hast Recht! Es kann wirklich gefährlich sein, sich zu weit in Traumwelten vorzuwagen.«

»Gefährlich würde ich es nicht unbedingt nennen, aber …« Noch bevor ihre Mutter den Satz zu Ende bringen konnte, fiel Lilli ihr eifrig ins Wort: »Doch, doch, ganz bestimmt! Es ist sogar sehr gefährlich! Die Wirklichkeit ist vielleicht nicht sehr aufregend, aber sie hat auch ihre guten Seiten.«

Die Eltern sahen sich verblüfft an. »Wie auch immer«, meinte die Mutter schließlich kopfschüttelnd. »Entscheidend ist, dass du verstanden hast, worum es mir geht!«

»Ich hab's verstanden, Mama, ehrlich! Außerdem finde ich die Wirklichkeit gerade ganz angenehm.«

Als Lilli jedoch nach dem Abendessen in ihr Zimmer zurückkehrte, bekam das Wort ›Wirklichkeit‹ auf einmal eine ganz neue Bedeutung, denn Aristobül war schließlich auch ein sehr eindrucksvolles Stück Wirklichkeit. Folglich waren auch Camilla und ihre wahnwitzigen Pläne nur allzu wirklich. Und wenn Lilli darüber nachdachte, was für eine schreckliche Bedrohung von den verzauberten Drachen unter der Herrschaft der bösen Zauberin ausging, bekam sie eine Gänsehaut. Sie musste schnell handeln, es war keine Zeit zu verlieren! Rasch flüsterte sie Aristobül zu:

»Flieg bitte mit Gedeon in den Hof und versteck dich

dort. Ich hole inzwischen Doktor Meisner. Wir treffen uns dann unten!«

Gesagt, getan. Lilli lief zu ihren Eltern ins Wohnzimmer hinüber. Sie saßen im Halbdunkel und unterhielten sich, ohne zu ahnen, in welcher Gefahr sie schwebten. Und sie wären bestimmt niemals auf die Idee gekommen, dass ihre Tochter sich eben anschickte, die Welt zu retten!

»Papa, Mama, kann ich noch kurz zu Emma rübergehen? Mir ist so langweilig, und lesen kann man auch nicht bei dem schlechten Licht.«

»Geh nur, mein Schatz, aber bleib bitte nicht so lange! Du bist erschöpft und solltest nicht zu spät ins Bett gehen«, erwiderte die Mutter.

»Danke, Mama, bis nachher!«, rief Lilli und stürzte davon. Emma war Doktor Meisners Tochter, und die beiden Mädchen waren schon lange gut befreundet. Seit ihre Eltern geschieden waren, wohnte Emma mit ihrem Vater im zweiten Stock. Lilli sprang, so schnell sie konnte, die Treppen hinunter und klingelte an der Wohnungstür. Kurz darauf öffnete ihr Doktor Meisner.

»Hallo Lilli! Wie geht's dir? Du wolltest bestimmt zu Emma, oder? Tut mir leid, aber sie ist nicht da, sie schläft heute bei ihrer Mutter.«

»Ähm …« Lilli schluckte und blickte schüchtern zu Boden. Doch dann nahm sie all ihren Mut zusammen: »Ehrlich gesagt, ich wollte eigentlich zu Ihnen. Es geht nämlich um eine Art Notfall.«

»Oje, was ist denn passiert? Hoffentlich nichts Ernstes! Hatten deine Eltern einen Unfall?«, fragte der Arzt besorgt. Mit diesen Worten griff er nach seinem Koffer, der im Flur bereitstand. »Kein Wunder bei diesem Wetter!«

»Nein, es geht nicht um meine Eltern! Wissen Sie, die Sache ist ein bisschen heikel, und Sie müssen mir unbedingt versprechen, alles für sich zu behalten!«

Lillis Mut sank, als ihr auf einmal bewusst wurde, dass sie tatsächlich im Begriff war, ihren Nachbarn zu bitten, einen Drachen zu untersuchen.

»Aber natürlich, Lilli! Als Arzt bin ich an die Schweigepflicht gebunden. Aber willst du mir nicht endlich verraten, worum es überhaupt geht?«

»Ja, natürlich, sofort! Aber Sie müssen erst mit mir runter in den Hof kommen, dann erkläre ich Ihnen alles!«

»In den Hof? Also gut, ich komme.«

Doktor Meisner schloss die Wohnungstür und folgte Lilli die Treppe hinunter. »Hast du etwa mit Emma eine Überraschung für mich vorbereitet? Ich habe nämlich morgen Geburtstag, und normalerweise …«

Doktor Meisner stockte plötzlich mitten im Satz und blieb wie angewurzelt stehen. Sie waren im Hof angekommen, und der Arzt hatte vor Schreck seinen Koffer fallen lassen. Vor ihm im Dämmerlicht erhob sich ein gewaltiger Drache, aus dessen Nüstern kleine Flämmchen hervorzüngelten. Etwas weiter entfernt sah er undeutlich ein zweites Ungetüm kauern, dessen pechschwarzes Schuppenkleid sich kaum von der dunklen Mauer abhob. Doktor Meisner fuhr sich völlig verstört durch sein spärliches Haar. Er rang nach Luft und stieß dann keuchend hervor:

»Was … was ist das? Ein Scherz? Das gibt's doch nicht! Ich glaub, ich träume!«

Er schloss die Augen, in der Hoffnung, dass es sich um eine Sinnestäuschung handelte. Doch als er wieder hinsah, waren die beiden gewaltigen Drachen immer noch da.

»Nein, Sie träumen keineswegs!«, versicherte Lilli mit fester Stimme. »Es mag Ihnen vielleicht seltsam vorkommen, aber ich hab jetzt leider keine Zeit, Ihnen alles genau zu erklären. Darf ich vorstellen: Das ist mein Freund Aristobül. Er kommt aus dem Drachenland!«

Aristobül kam näher und reichte dem Arzt freundlich seine Klaue zur Begrüßung.

»Guten Abend, Herr Doktor. Es tut mir leid, Sie so spät noch zu stören, aber wir brauchen dringend Ihre Hilfe!«

Der Arzt war immer noch unfähig, sich zu rühren, und ließ sich willenlos die Hand schütteln.

»Doktor Meisner«, fuhr Lilli eindringlich fort, »der Drache dort hinten heißt Gedeon. Er ist auch ein Freund von mir, aber leider ist ihm etwas Schreckliches zugestoßen: Er ist völlig taub. Für die Drachen ist das sehr schlimm, viel schlimmer als für uns Menschen. Sie können nämlich dann die Musik des Lebens nicht mehr hören! Deshalb sind wir zu Ihnen gekommen. Vielleicht können Sie feststellen, was ihm fehlt, und ihn wieder gesund machen!«

Bei diesen Worten zuckte Doktor Meisner zusammen. Endlich schien er aufzuwachen.

»Wie bitte? Du möchtest, dass ich einen Drachen untersuche? Aber ich kenne mich mit Drachen überhaupt nicht aus! Bis vor einer Minute habe ich ja nicht einmal geahnt, dass es sie tatsächlich gibt! Ich weiß nicht, wie sie beschaffen sind. Du hast anscheinend keine Vorstellung davon, wie viele Jahre man studieren muss, bis man einen Menschen behandeln kann. Aber einen Drachen – also wirklich, nein!« Er schüttelte immer wieder entrüstet den Kopf. »Wie kommst du überhaupt zu solchen Freunden? Ich werde deine Eltern darüber informieren müssen!«

»Nein, das dürfen Sie nicht! Sie haben es versprochen, denken Sie an Ihre Schweigepflicht!« Lilli umklammerte flehend den Arm des Arztes. »Ich schwöre, dass ich Ihnen alles erklären kann. Aber momentan haben wir keine Zeit! Wenn wir es nicht schaffen, die Drachen zu heilen, steht unsere eigene Zukunft auf dem Spiel!«

Sie wusste, dass alles, was sie gerade gesagt hatte, für Doktor Meisner völlig verrückt klingen musste. Aber sie hatte keine andere Wahl. Glücklicherweise gewann die Neugier des Arztes allmählich die Oberhand. Immerhin war diese sonderbare Begegnung nicht die schlechteste Unterhaltung an einem Abend, an dem man nicht einmal den Fernseher einschalten konnte. Der Arzt fuhr sich mit der Hand über die Stirn, rückte seine Brille zurecht und griff nach seinem Koffer.

»Also gut, Lilli. Ich will lieber nicht wissen, in was für eine Geschichte du da hineingeraten bist, aber ich werde sehen, was ich tun kann. Bitte mach dir keine allzu großen Hoffnungen. Leider kenne ich mich weder mit Drachen noch mit anderen Fabelwesen aus.«

»Oh, keine Sorge«, schnaubte Aristobül beschwichtigend. »Momentan sind nur die Drachen taub. Soweit ich weiß, geht es den Einhörnern blendend!«

Der Arzt schüttelte ungläubig den Kopf und näherte sich Gedeon vorsichtig.

»Keine Angst, er tut nichts«, sagte Lilli aufmunternd.

»Äh, ja, schon gut. Aber er ist sehr groß, ich bräuchte einen Hocker!«

»Steigen Sie einfach auf meinen Rücken, ich werde Ihnen gern als Leiter dienen«, schlug Aristobül vor.

»Meinen Sie wirklich?«, fragte der Arzt zaghaft.

»Ja, natürlich, das ist völlig ungefährlich«, versicherte Lilli. »Ich habe es schon oft ausprobiert.«

Doktor Meisner schien zwar wenig überzeugt, stellte aber dennoch seinen Arztkoffer ab und umklammerte mutig einen der riesigen Stacheln des Drachen. Mit Lillis Hilfe gelang es ihm schließlich, auf Aristobüls Rücken zu klettern. Nachdem er sich vorsichtig zurechtgesetzt hatte, reichte ihm das Mädchen seine Tasche hinauf. Der Drache wandte sich kurz um und lächelte dem Arzt aufmunternd zu. Dann erhob er sich vorsichtig, und schon befand sich Doktor Meisner auf gleicher Höhe mit Gedeons Kopf.

Der Arzt hielt eine kleine Lampe in der einen Hand, mit der anderen machte er sich an Gedeons Ohr zu schaffen und begann den gewaltigen Gehörgang auszuleuchten. Dann holte er ein Instrument aus seiner Tasche hervor, die er zwischen zwei Rückenstacheln geklemmt hatte, und untersuchte fasziniert das Innere des Drachenohrs. Lilli war schrecklich aufgeregt. Vielleicht hatte er ja schon etwas gefunden! Nach einigen endlos scheinenden Minuten packte Doktor Meisner seine Instrumente wieder ein und kletterte von Aristobüls Rücken herab.

»Und?«, fragten Lilli und der Drache im Chor.

»Es tut mir leid, aber ich kann nichts feststellen«, seufzte der Arzt. »Es liegt weder eine Verstopfung noch eine Trommelfellverletzung oder -entzündung vor. Eigentlich müsste alles wunderbar funktionieren – soweit ich das überhaupt beurteilen kann. Ich weiß wirklich nicht, was eurem Freund fehlt.«

»Oh nein!«, rief Lilli enttäuscht. »Aber haben Sie denn nicht wenigstens irgendwelche Ohrentropfen, die wir ihm geben könnten?«

»Ich fürchte, das hat keinen Sinn, Lilli. Wir bräuchten riesige Mengen davon, um die Drachenohren zu behandeln. Außerdem liegt ja keine körperliche Ursache vor.«

»Aber was sollen wir denn jetzt bloß tun?«

»Ich weiß es leider auch nicht.« Doktor Meisner schüttelte resigniert den Kopf.

»Es gibt nur eine einzige Möglichkeit«, warf Aristobül

ein. »Wir müssen so schnell wie möglich das Große Buch von Zaratozzino finden! Wenn die Medizin machtlos ist, kann man die Taubheit nur mit einem Zauberspruch heilen!«

»Dieses Buch, von dem Sie sprechen – ist das ein medizinisches Fachbuch?«, fragte der Arzt, der Aristobüls Ausführungen offenbar nicht hatte folgen können.

»Nein, es ist ein Zauberbuch«, erklärte Lilli. »Es gibt nur ein einziges Exemplar davon, und wir wissen leider nicht, wo es sich befindet.«

»Hm, verstehe. Das ist ja wirklich ärgerlich«, erwiderte der Arzt und kratzte sich am Kinn. »Leider kann ich euch da auch nicht weiterhelfen.«

»Sie haben schon sehr viel für uns getan!«, beschwichtigte ihn Aristobül. »Wenn diese Geschichte hier vorbei ist und es dann noch freie Drachen geben sollte, werde ich Sie zum Dank auf unsere schöne Himmelsinsel einladen.«

Doktor Meisner fuhr sich zerstreut durchs Haar und sagte: »Herr Aristobül, ich verdanke Ihnen den wunderlichsten Abend meines Lebens, und es war mir eine Ehre, Ihre Bekanntschaft gemacht zu haben. Aber um ehrlich zu sein, bin ich mir immer noch nicht ganz sicher, ob das alles hier nicht nur ein Traum ist. Ich werde jetzt wohl besser wieder hinaufgehen und mir einen Beruhigungstrunk genehmigen. Mir schwirrt der Kopf.«

»Aber natürlich!« Aristobül schüttelte dem Arzt zum Abschied heftig die Hand und lächelte. »Und alles Gute zum Geburtstag!«

Doktor Meisner nickte gedankenversunken. Dann wandte er sich zum Gehen und stieg langsam die Stufen zu seiner Wohnung hinauf. Er hatte immer noch weiche Knie.

Lilli folgte ihm kurz darauf mit sorgenvoller Mine. Ihre Eltern saßen im Wohnzimmer und versuchten, im schwachen Schein der Kerzen Zeitung zu lesen.

»Alles in Ordnung, mein Schatz? Wie geht es Emma und Doktor Meisner?«, fragte ihr Vater, als Lilli zum Gute-Nacht-Sagen hereinkam.

»Ach, ganz gut, nur Doktor Meisner sah ein bisschen geschafft aus«, erwiderte das Mädchen wahrheitsgemäß. »Und ich bin auch sehr müde, ich gehe jetzt lieber mal ins Bett.«

»Ist gut, mein Liebling«, gab der Vater zurück. »Träum was Schönes – von vielen wilden Drachen oder so!«

»Wie bitte?«, stammelte Lilli erschrocken.

»Ja, oder von Zwergen oder Feen oder was auch immer dir gefällt, mein Schatz! Von fantastischen Abenteuern zu träumen ist doch nicht verboten!«, scherzte Lillis Vater.

»Schlaf schön, mein Liebling«, sagte die Mutter und strich ihr liebevoll über den Kopf.

»Danke, ihr auch!« Nachdenklich ging Lilli in ihr Zimmer zurück. Sie wusste nicht so recht, was sie von der letzten Bemerkung ihres Vaters halten sollte. War es bloß Zufall, oder hatte er womöglich etwas von ihrem Geheimnis mitbekommen? Aber ihr blieb keine Zeit, sich länger den Kopf über diese Frage zu zerbrechen, denn Aristobül erwartete sie bereits ungeduldig in ihrem Zimmer. Jetzt mussten sie sich rasch etwas einfallen lassen, um das Große Buch von Zaratozzino zu finden.

»Wo sollen wir bloß suchen? Uns bleibt nicht mehr viel Zeit.« Aristobül stieß vor Aufregung unablässig kleine Rauchwölkchen aus.

»Ich weiß, aber ich habe keine Ahnung, wo es sein könnte. In der Burg hab ich es jedenfalls nicht gefunden«, erwiderte Lilli ratlos. »Aber wenn Camilla den Drachen das Gehör weggezaubert hat, muss sie doch auch den Spruch kennen, um es ihnen wieder zurückzugeben, oder? Vielleicht können wir sie irgendwie dazu bringen, ihn uns zu verraten?«

»Nein, das ist viel zu gefährlich, Lilli. Ich frage mich eher, ob nicht dein Direktor, dieser Herr Zacharias, des Rätsels Lösung kennt.«

Lilli machte große Augen: »Herr Zacharias? Wie kommst du denn darauf?«

Aristobül legte die Stirn in Falten und zwirbelte dabei nachdenklich seinen Schnurrbart. »Weißt du noch, wie wir ihn in Schwefelstein dabei beobachtet haben, als er sich an der Uhr zu schaffen gemacht hat? Dabei ist mir sein eigenartiger Akzent aufgefallen …«

»Ja, und?« Lilli verstand nicht, worauf ihr Freund hinauswollte. Herr Zacharias sprach mit einem leicht südländisch klingenden Akzent, aber was hatte das schon zu bedeuten?

»Seitdem ist mir das nicht mehr aus dem Kopf gegangen, und jetzt weiß ich auch wieder, bei wem ich den gleichen Akzent schon einmal gehört habe: Bei unserem großen Zauberer Zaratozzino höchstpersönlich!«

»Was?« Lilli wagte kaum, den Gedanken auszusprechen. »Willst du damit sagen, dass Herr Zacharias in Wirklichkeit Zaratozzino …?«

»Nein, das kann nicht sein. Zaratozzino war ein durch und durch gütiger Mensch. Er hätte seine Macht niemals so missbraucht, wie Herr Zacharias es tut. Aber dieser Mensch beherrscht offenbar die geheime Zaubersprache, die seit alten Zeiten überliefert wurde. Ich glaube, dein Herr Zacharias ist nicht der, der er zu sein vorgibt. In Wirklichkeit ist er ein alter Hexenmeister, genau wie Zaratozzino. Ich denke, wir sollten ihn mal genauer unter die Lupe nehmen!«

»Also wirklich, jetzt schlägt's dreizehn! Herr Zacharias soll ein jahrhundertealter Zauberer sein?« Lilli schwieg einen Moment. »Obwohl … eigentlich sollte ich mich über gar nichts mehr wundern! Als Nächstes stellt sich bestimmt heraus, dass Frau Weißlein, meine Lehrerin, in Wirklichkeit eine verzauberte Elfe ist …«

Lilli verstummte und dachte angestrengt nach. Dann sagte sie zögernd: »Ich habe vielleicht eine Idee, wer uns dabei helfen könnte, mehr Informationen über Herrn Zacharias zu bekommen.«

Sie setzte sich im Schneidersitz auf ihr Bett. Der Drache

beugte sich gespannt zu ihr herunter und ließ eine Flamme aufzüngeln, um ihr Gesicht besser sehen zu können. »Ja, ich höre!«

»Also, in meiner Klasse gibt es ein Mädchen, das heißt Franka …«

»Ja, und weiter?«

Lilli runzelte unwillig die Stirn. »Sie ist schrecklich vorlaut, quatscht immer dazwischen und stört den Unterricht. Zur Strafe ist sie schon dreimal zum Nachsitzen ins Büro von Herrn Zacharias geschickt worden!«

»Sieh an!«, schnaubte der Drache interessiert.

»Franka und ich, wir sind … also, wir sind nicht gerade gut befreundet. Sie ärgert mich ständig und macht sich über mich lustig.« Lilli brach ab und schüttelte energisch den Kopf. »Nein, ich glaube, es war doch keine gute Idee, Aristobül. Vergiss es! Franka wäre uns keine Hilfe. So wie ich sie kenne, würde sie mich nicht einmal ausreden lassen!«

Es war jetzt sehr still im Zimmer. Nach einigen Sekunden seufzte Aristobül tief.

»Lilli«, sagte er dann gewichtig, »wenn ich das richtig verstanden habe, hast du wohl ein bisschen Bammel vor dieser Franka, oder?«

»Hm, ehrlich gesagt … ja!«, gab das Mädchen widerstrebend zu.

»Du willst mir also ernsthaft erzählen, dass dir der Mut fehlt, eine Klassenkameradin um Hilfe zu bitten? Obwohl du der gefährlichsten Zauberin unter der Sonne die Stirn geboten hast und mit Gedeon aus ihrer Festung geflohen bist!«

»Ja, aber das mit Franka ist etwas ganz anderes! Das war schon immer so!«

»Das mag sein, Lilli. Aber mittlerweile hat sich vieles verändert!«, fiel ihr Aristobül ins Wort, und seine Flamme flackerte heftig. »Hast du denn gar nicht gemerkt, dass du nicht mehr dieselbe bist wie vorher? Schau mal in den Spiegel! Du wirst staunen, wie mutig und entschlossen du aussiehst!«

»Meinst du wirklich?«, fragte sie überrascht und ein wenig geschmeichelt. So etwas hatte ihr noch nie jemand gesagt!

»Aber ja! Bald wirst auch du diese neue Lilli in dir entdecken. Aber ich sehe sie schon jetzt und weiß, was in ihr steckt!«

»Vielleicht hast du recht«, sagte Lilli nachdenklich. »Aber Franka kann ich trotzdem nicht leiden!«

Der Drache ließ sich jedoch nicht beirren. »Also, abgemacht, morgen werden wir diese Franka besuchen! Ich hoffe nur, dass sie das Geheimnis der Drachen zu bewahren weiß!«

Lilli zog eine Grimasse und schüttelte den Kopf: »Keine Sorge, Aristobül, sie wird bestimmt nichts verraten! Sie hat sich so lange vor den anderen über mich lustig gemacht, dass niemand in der Klasse sie mehr ernst nehmen würde, wenn sie jetzt selber mit Geschichten von Drachen und Zauberern daherkäme!«

»Dann bin ich ja beruhigt«, sagte Aristobül grinsend. »Aber nun ruhst du dich am besten erst mal ein wenig aus. Wir haben noch einen weiten Weg vor uns!«

9. Kapitel
Das Große Buch von Zaratozzino

In dieser Nacht schlief Lilli tief und fest. Es war wunderbar, endlich wieder einmal im eigenen Bett zu liegen! Aristobül verbrachte die Nacht zusammen mit Gedeon in einer Höhle im Wald. Als Lilli am nächsten Morgen aufwachte, fühlte sie sich wie neugeboren. Sie sprang unter die Dusche und frühstückte dann gemeinsam mit ihrer Mutter. Lillis Vater war bereits ins Atelier gefahren, um neue Regenschirme zu entwerfen. Er wollte seine neueste Kollektion unbedingt vor dem nächsten großen Gewitter fertigstellen. Es gab immer noch keinen Strom, aber Lillis Mutter hatte dennoch beschlossen, ins Büro zu gehen, um dem Aktenberg wie in alten Zeiten mit Stift und Taschenrechner zu Leibe zu rücken. Lilli saß wie auf heißen Kohlen. Endlich packte die Mutter ihre Sachen und gab ihrer Tochter zum Abschied einen Kuss.

»Ich hab dir einen Rest Braten mit Kartoffeln in den Kühlschrank gestellt. Du musst nur noch alles aufwärmen. Aber pass gut auf, wenn du das Gas anzündest! Mach's dir gemütlich, bis nachher, mein Schatz! Ich komme heute nicht so spät!«

Nachdem Lilli sich vergewissert hatte, dass ihre Mutter tatsächlich losgefahren war, lief sie in ihr Zimmer zurück und öffnete das Fenster. Auf ihr Zeichen hin erschien Aristobül, der seit den frühen Morgenstunden auf dem Dach gewartet hatte.

»Können wir jetzt endlich aufbrechen?«, fragte er ungeduldig und fügte dann hinzu: »Ich muss nur noch rasch die Raben rufen, damit sie uns bis zu Frankas Haus begleiten. Ich nehme an, wir werden dort auf dem Dach landen müssen, oder?«

»Nein, Frankas Eltern haben einen großen Garten hinter dem Haus, wo wir landen können«, erwiderte Lilli. Sie seufzte tief beim Gedanken daran, Franka ins Vertrauen ziehen zu müssen, und fuhr dann fort: »Ich war schon einmal dort. Frau Weißlein hatte uns gebeten, gemeinsam ein Referat zu schreiben. Es war schrecklich! Wir haben uns die ganze Zeit gestritten, und das Referat haben wir natürlich völlig vergeigt. Seitdem behauptet Franka, ich hätte alles verpatzt, obwohl es in Wahrheit ihre Schuld gewesen ist. Aber egal! Auf jeden Fall ist der Garten hinter dem Haus groß genug. Du kannst dich hinter den Bäumen verstecken, dort wird dich niemand sehen. Nach dem Platzregen gestern wird bestimmt keiner der Nachbarn ausgerechnet heute auf die Idee kommen, seinen Rasen zu sprengen!«

»Und wenn Frankas Eltern da sind?«, fragte Aristobül zweifelnd. Er wollte auf jeden Fall verhindern, dass mehr

Menschen als unbedingt nötig von der Existenz der Drachen erfuhren. Er sah in Gedanken schon Scharen von Touristen durch die Gassen von Schwefelstein pilgern. So weit durfte es auf keinen Fall kommen! Die Drachen hatten nämlich in früheren Zeiten sehr schlechte Erfahrungen mit den Menschen gemacht: Man hatte sie gnadenlos bekämpft und schließlich ganz von der Erde vertrieben. Deshalb lebten sie seit vielen Tausend Jahren im Verborgenen, bewahrten das Geheimnis ihrer Existenz wie einen wertvollen Schatz und zeigten sich den Menschen so gut wie nie. Doch jetzt hatte Aristobül keine andere Wahl.

»Nein, Franka wird ganz bestimmt allein sein. Ihre Eltern haben gerade ein neues Geschäft für Souvenirs und Sportartikel eröffnet. Sie sind immer in ihrem Laden, sogar bei Wind, Wetter und Stromausfall.« Mit diesen Worten kletterte Lilli auf den Rücken des Drachen, und wenig später flogen die beiden in Begleitung eines ganzen Rabenschwarms über die Stadt hinweg. Doch an diesem düsteren Tag waren die Menschen ohnehin viel zu sehr mit dem Stromausfall und ihren alltäglichen Sorgen beschäftigt, sodass niemand auf die Idee kam, den Blick gen Himmel zu richten.

Franka wohnte am anderen Ende der Stadt, aber mithilfe von Aristobül waren sie bereits nach wenigen Minuten dort. Der Drache landete vorsichtig im Garten und versteckte sich, so gut es ging, unter den Ästen einer alten Trauerweide, die im hinteren Teil des Gartens stand. Ein wenig beklommen schlich Lilli um das Haus herum und klingelte zaghaft an der Haustür. Sie überlegte, wie Franka wohl reagieren würde, wenn sie die Türe öffnete. Als nichts geschah, atmete sie erleichtert auf. Sie war schon auf dem Rückweg, um Aristobül zu sagen, dass ihre Klassenkameradin nicht zu Hause sei, als ihr die Worte des Drachen wieder einfielen. Sie sah sich auf Gedeons Rücken mitten im Hof der Burg, umringt von feindlichen Soldaten, und Camillas Verwünschungen hallten laut in ihren Ohren wider. Die Erinnerung daran flößte ihr wieder Mut ein und zerstreute all ihre Bedenken. Franka konnte es wirklich nicht mit Camilla aufnehmen!

Entschlossen machte sie kehrt und hämmerte noch ein paarmal mit aller Kraft gegen die Tür. Kurz darauf hörte sie, wie innen der Riegel zurückgeschoben wurde. Franka öffnete Kaugummi kauend die Tür. Ihre langen rotblonden Haare waren zu Zöpfen geflochten, sie trug eine zu große Jeans und ein Fußball-T-Shirt, das ihr bis über die Knie reichte.

»Lilli?«, rief sie verblüfft. »Was machst du denn hier?«

»Äh, hallo Franka! Ich, hm … entschuldige, dass ich hier einfach so aufkreuze«, stammelte Lilli, und ihre Zunge schien ihr beim Reden am Gaumen zu kleben. »Es ist etwas Schreckliches passiert.«

»Ach ja? Was denn? Ist die Stadt von Außerirdischen erobert worden?«, fragte Franka höhnisch.

»Ja, fast …«, flüsterte Lilli und sackte immer mehr in sich zusammen.

Franka ließ ein spöttisches Lachen hören: »Also echt, Lilli! Das wird ja immer besser mit dir. Geh nach Hause und leg dich ins Bett, anstatt mir solchen Quatsch zu erzählen. Du siehst ja schon richtig krank aus!«

Mit diesen Worten knallte sie ihrer Mitschülerin, die mit offenem Mund dastand, einfach die Tür vor der Nase zu. Im ersten Augenblick wollte sich Lilli schon geschlagen geben, aber dann spürte sie, wie die Wut in ihr hochstieg. Aristobül hatte recht! Was bildete sich diese blöde Ziege eigentlich ein? Wild entschlossen versetzte sie der Tür einen heftigen Tritt und warf sich dann mit aller Kraft dagegen. Im nächsten Augenblick stand sie schon im Hausflur. Franka kam mit weit aufgerissenen Augen aus der Küche gestürzt.

»Bist du jetzt völlig übergeschnappt, Lilli? Du kannst doch nicht einfach hier einbrechen! Wenn du nicht sofort abhaust, ruf ich die Polizei!«

»Du guckst zu viele Krimis, Franka!«, stieß Lilli verächtlich hervor und packte ihre Mitschülerin unsanft am Handgelenk. »Komm mit, ich muss dir was zeigen!«

»Lass mich sofort los!«, schrie Franka aufgebracht und trat wie wild um sich. Lilli blieb unvermittelt stehen und sah ihr fest in die Augen.

»Jetzt hör mir mal gut zu! Ich will dir nur was zeigen und dir eine Frage stellen. Dann gehe ich wieder und lasse dich in Frieden. Je schneller wir das hinter uns bringen, desto besser!«

Sie machte auf dem Absatz kehrt, marschierte quer durchs Wohnzimmer und öffnete die Terrassentür. Franka schnaubte empört, aber folgte ihr dennoch widerwillig. Lillis Wangen glühten vor Aufregung – von dieser Kratzbürste würde sie sich nie wieder einschüchtern lassen! Sie lief entschlossen durch den Garten, direkt auf die Trauerweide zu. »So, und nun schau mal her!«

»Was denn? Ich sehe nichts! Du bist ja vollkommen durchgeknallt, Li…«

Die letzten Worte blieben Franka im Halse stecken. Aristobül lugte vorsichtig unter den herabhängenden Zweigen hervor und sagte leise: »Guten Tag, Franka!«

Das Mädchen war plötzlich ganz bleich um die Nase geworden und zeigte zitternd auf die gewaltige Drachenschnauze: »Wa… was ist das?«

Der Drache lächelte ihr unter seinem gepflegten Schnurrbart freundlich zu und ließ die eindrucksvolle Reihe seiner spitzen, blanken Zähne sehen.

»Das ist ein Drache, wie du siehst!«, sagte Lilli zufrieden.

»Aber das ist völlig unmöglich! Es gibt keine Drachen!«, rief Franka mit schriller Stimme.

»Tja, da musst du dich wohl geirrt haben! Es gibt sie nämlich doch!«

Wie um Lillis Worte zu bestätigen, trat der Drache in diesem Moment hinter den Ästen der Trauerweide hervor und richtete sich zu seiner vollen Größe auf. Franka wich erschrocken zurück und verschluckte vor Schreck ihren Kaugummi.

»Aristobül hat mich gebeten, ihm aus der Patsche zu helfen. Und jetzt hat sich leider herausgestellt, dass wir auch dich dazu brauchen!«

»Mi… mich?«, stotterte Franka und fuhr sich über die Stirn. »Aber warum denn ausgerechnet mich?«

Lilli schubste ihre fassungslose Mitschülerin kurzerhand in einen Gartenstuhl, zog sich einen zweiten Stuhl heran und berichtete in knappen Sätzen von den Ereignissen der vergangenen Tage.

Indes hatte Camilla die militärische Ausbildung der Drachen auf der Schwarzen Insel kräftig vorangetrieben. In manchen Disziplinen stellten sie sich zwar noch etwas unbeholfen an, aber was machte das schon, da sie ohnehin unbesiegbar waren!

Die Zauberin jubelte innerlich bei dem Gedanken an die Erdbewohner, die nicht das Geringste von dem bevorstehenden Angriff der Drachenarmee ahnten. Im Geiste sah Camilla bereits die Fahne mit ihrem majestätischen Wappen auf dem höchsten Gipfel der Erde wehen. Sie konnte es kaum erwarten, endlich in den Kampf zu ziehen. Und danach würde sie sich dieses bockige Mädchen gefügig machen. Camilla stieß einen glücklichen Seufzer aus und ließ ihren Blick zufrieden über die verzauberte Drachenherde schweifen. Der Tag ihres Triumphes war zum Greifen nah!
Franka hatte sich Lillis Schilderung aufmerksam angehört und zwischendurch nur wenige Fragen gestellt. Sie wirkte

jetzt etwas gefasster, und ihr Gesicht hatte wieder Farbe bekommen. Mit Genugtuung hatte Lilli festgestellt, dass der spöttische Tonfall gänzlich aus Frankas Stimme gewichen war. Als sie mit ihrer Erzählung fertig war, trat ein kurzes Schweigen ein, das nur vom Zwitschern der Vögel unterbrochen wurde. Doch dann sprang Franka plötzlich auf, stemmte unternehmungslustig die Hände in die Hüften und fragte: »Und wie kann ich euch nun helfen?«

»Ist das dein Ernst?« Lilli war völlig verblüfft. Sie hatte nicht damit gerechnet, dass ihre Erzfeindin so schnell zu überzeugen wäre.

»Hör mal, Lilli, man kann nicht gerade behaupten, dass wir Freundinnen sind, und wir haben auch sonst wenig gemeinsam. Wenn du Aristobül nicht mitgebracht hättest, hätte ich dich bestimmt ausgelacht, wie sonst auch. Niemand hätte dir diese verrückte Geschichte geglaubt, nicht einmal Laura. Aber ich bin ja nicht blöd! In unserem Garten steht ein echter Drache, und da bleibt mir wohl nichts anderes übrig, als dir zu glauben. Und jetzt sag mir endlich, wie ich euch helfen kann!«

»Du müsstest zuerst mal versuchen, dich an etwas ganz Bestimmtes zu erinnern.«

»Und woran?«

»An Doppelbarts Büro! Du warst doch in der letzten Zeit mehrmals dort. Ist dir dabei vielleicht irgendwas Besonderes aufgefallen?«

»Hmm, lass mich mal überlegen«, murmelte Franka und

schloss die Augen. Sie war in den vergangenen Wochen dreimal ins Büro des Schuldirektors geschickt worden. Zweimal, weil sie ständig den Unterricht gestört hatte, und ein drittes Mal, weil sie die Lehrerin »Frau Weißleier« genannt hatte.

»Ich musste ziemlich lange im Flur warten, bis ich endlich in Doppelbarts Büro gerufen wurde. Es ist ein großes Zimmer mit vielen Gemälden an den Wänden. Über seinem Schreibtisch hängt das Porträt einer schönen Frau, die aussieht wie eine Prinzessin. Daran kann ich mich erinnern, weil ich seltsamerweise die ganze Zeit das Gefühl hatte, sie würde mich beobachten.«

»Camilla«, flüsterte Lilli schaudernd.

»Er hat auch eine Riesenbibliothek voll alter Bücher. Sein ganzes Büro riecht danach.«

»Alte Bücher?«, horchte Aristobül auf. »Könnte es sein, dass …«

Aber Franka ließ ihn nicht ausreden. »Zwischen den Regalen gibt es eine kleine Verbindungstür, die mir gleich beim ersten Mal aufgefallen ist. Ich wollte zu gerne wissen, wohin sie führt. Als ich mich zum zweiten Mal beim Direktor melden musste, hat er das Büro für ein paar Minuten verlassen, weil er von seiner Sekretärin gerufen wurde. Als er fort war, habe ich rasch die Tür geöffnet. Dahinter befindet sich ein kleines Studierzimmer, vollgestopft mit einer Unmenge alter Bücher. Mitten im Zimmer steht ein Schreibpult, und darauf lag ein ungewöhnlich großes Buch. Ich erinnere mich noch ganz genau daran, weil ich nie zuvor so ein riesiges Buch gesehen habe.«

»Das Große Buch von Zaratozzino!«, riefen Lilli und der Drache gleichzeitig.

Aristobül vergaß für einen Augenblick alle Vorsicht und lief aufgeregt im Garten hin und her. »Aber natürlich, das erklärt alles!«, rief er plötzlich. »Dieser Akzent und dann der Unbekannte, der Camilla das Zauberbuch besorgt hat! Es war nicht etwa Camilla, die für das Verschwinden des Buches verantwortlich ist, sondern Doppelbart! Und sein richtiger Name lautet Vindini!«

»Wie bitte?«, fragten Lilli und Franka verständnislos.

»Vindini, der jüngere Bruder von Zaratozzino! Als Zaratozzino uns damals sein Zauberbuch anvertraut hat, war Vindini außer sich vor Wut. Er war zutiefst gekränkt, dass sein Bruder es vorgezogen hatte, das Buch dem Volk der Drachen und nicht ihm zu überlassen. Seitdem ist er besessen gewesen von dem Gedanken, es in die Hände zu bekommen. Zaratozzino hat seinem größenwahnsinnigen Bruder nämlich nie vertraut und befürchtete, dass der die Macht des Zauberbuches für üble Zwecke missbrauchen könnte. Deshalb hat er damals ganz bewusst die Drachen zu Hütern seines Buches ernannt. Ihr müsst wissen, dass wir Drachen sehr friedliebende Geschöpfe sind und weder machtgierig noch besonders versessen aufs Zaubern.«

Aristobül legte eine kurze Pause ein und sah sich nervös im Garten um, bevor er etwas leiser fortfuhr: »Das Zauberbuch wurde gestohlen, als wir in die letzte große Schlacht gegen Camilla gezogen sind. Bislang haben wir immer vermutet, dass sie es war, die das Buch gestohlen und an einem geheimen Ort versteckt hat. Aber weit gefehlt – stattdessen hat Vindini es die ganze Zeit über gehabt! Und nun haben diese beiden schwarzen Seelen auch noch ein schreckliches Bündnis miteinander geschlossen ...«

»Ich fass es nicht!«, murmelte Franka. »Da hält sich ein großer Zauberer ganz in unserer Nähe auf, und wir merken es nicht einmal!«

»Aber wenn Vindini noch lebt, könnte dann Zaratozzino nicht vielleicht auch noch am Leben sein? Und könnten wir ihn dann nicht bitten, uns zu helfen?«, schlug Lilli vor.

»Nein, das geht leider nicht«, erwiderte Aristobül traurig. »Zaratozzino ist vor langer Zeit fortgegangen. Er hatte genug von dem ewigen Krieg auf den Himmelsinseln und hat sich in eine andere Welt zurückgezogen, in die wir ihm nicht folgen können. Wir haben keinerlei Möglichkeit, Kontakt mit ihm aufzunehmen.«

Der Drache seufzte traurig und fuhr dann fort: »Nun, da wir wissen, wo sich das Buch befindet, sollten wir versuchen, es so schnell wie möglich zurückzuholen! Wir müssen unbedingt den Zauberspruch finden, um den Drachen ihr Gehör zurückzugeben, bevor Camilla sie zur Erde senden kann.«

»Und wie sollen wir das anstellen?«, fragte Franka.

»Ganz einfach: Wir werden das Buch aus Vindinis Büro holen!«, meinte Aristobül leichthin.

»Wie bitte?«, rief Lilli. »Einfach so? Aber die Schule ist doch geschlossen und die Büros auch. Immerhin könnte uns die Polizei dabei erwischen, wenn wir versuchen, in die Schule einzubrechen. Und wer weiß, vielleicht hat Vindini das Buch ja auch schon mit auf die Schwarze Insel genommen?«

»Wir müssen es trotzdem versuchen«, antwortete Aristobül entschlossen. »Wir haben keine andere Wahl. Oder hast du einen besseren Vorschlag?«

Das Mädchen seufzte und zuckte mit den Schultern.

»Kopf hoch, Lilli, wir schaffen das schon!«, schaltete sich Franka ein. »Ich werde dir helfen! Aristobül bringt uns zur Schule, und ich führe dich zu Doppelbarts Büro. Dann war das Nachsitzen wenigsten zu etwas nütze!«

»Nein, davon war nie die Rede!«, wehrte Lilli heftig ab. »Aristobül und ich wollten dich nur fragen, ob dir in Doppelbarts Büro irgendwas Ungewöhnliches aufgefallen ist. Diese Frage hast du uns ja nun beantwortet, vielen Dank! Aber jetzt kommen wir alleine klar!«

»Da irrst du dich aber gewaltig, Lilli! Du brauchst meine Hilfe sehr wohl, schließlich muss eine von uns draußen Schmiere stehen, während die andere das Buch holt. Ich kann mir schon vorstellen, dass du wenig Lust hast, mich mitzunehmen, ich bin ja nicht gerade nett zu dir gewesen. Aber ich verspreche dir, mich ab sofort zu bessern.«

»Franka hat absolut recht«, entschied Aristobül.

»Na schön, meinetwegen«, seufzte Lilli ergeben. »Dann lasst uns jetzt aufbrechen!«

Aristobül ließ die beiden Mädchen auf seinem Rücken Platz nehmen. Auch dieses Mal war wieder der Rabenschwarm zur Stelle, der ihnen Deckung bot, sodass sie unerkannt über die Stadt hinwegfliegen konnten. Franka war natürlich schrecklich aufgeregt, das erste Mal auf einem Drachen reiten zu dürfen. Immer wieder schrie sie entzückt auf und kreischte vor Vergnügen. Währenddessen saß Lilli stumm und schlecht gelaunt hinter ihr.

Wenig später landeten sie auf dem Schulhof, und Aristobül versteckte sich in einer dunklen Ecke hinter der Turnhalle. Jetzt waren Franka und Lilli ganz alleine auf dem Hof.

»Es ist so seltsam still und leer hier!«, flüsterte Franka.

»Ja, du hast recht«, erwiderte Lilli leise. »Aber wo ist denn jetzt Doppelbarts Büro?«

»Komm mit, hier geht's lang!« Franka deutete auf einen kleinen, weiß getünchten Anbau neben dem Schulgebäude. Dort befand sich das Büro von Herrn Zacharias alias Vindini.

Die beiden Mädchen näherten sich vorsichtig dem verlassenen Gebäude. Sie trugen Turnschuhe, und so waren ihre Schritte auf dem Asphalt glücklicherweise kaum zu hören. Dennoch hatten sie das Gefühl, viel zu viel Lärm zu machen. Die Eingangstür war seltsamerweise nicht abgeschlossen. Sie führte in einen schwarz-weiß gefliesten Flur.

An den Wänden hingen zahlreiche Plakate zum Thema Bildung, Gesundheit und Feuerschutz. In einer Ecke standen einige Korbstühle neben zwei Grünpflanzen.

»Hier ist das Büro der Sekretärin«, wisperte Franka, als sie an einer Tür mit einem kleinen Glasfenster vorbeikamen, das innen von einem Vorhang verdeckt wurde. Franka drückte die Klinke herunter, aber sie war verschlossen.

Am Ende des Flurs führte eine Treppe in die obere Etage.

»Da oben ist das Büro von Doppelbart«, flüsterte Franka kaum hörbar.

Lilli nickte aufgeregt. Leise schlichen sie die Treppe hinauf, in der Hoffnung, dass die abgenutzten Holzdielen nicht allzu laut knarren würden. Doch alles ging gut, und kurz darauf standen sie schon vor dem Büro von Herrn Zacharias. Auch diese Tür hatte im oberen Teil ein Sichtfenster, vor dem innen ein Vorhang angebracht war, sodass man nicht hineinschauen konnte. Und auch diese Tür war verschlossen.

»Was machen wir jetzt?«, fragte Franka nervös.

Lilli schaute sich rasch um. An der Wand neben Doppelbarts Büro hing ein Poster zum Thema Jugendgewalt. Kurz entschlossen riss sie es herunter, wickelte es um ihre Faust, holte aus und schlug die Scheibe ein, die laut klirrend zerbrach. Vorsichtig entfernte sie einige größere Glasscherben, die noch im Türrahmen steckten.

»Los, hilf mir mal hoch«, forderte sie Franka auf, die ihr

Tun staunend beobachtet hatte. »Ich hole jetzt das Buch, und du wartest hier auf mich. Wenn jemand kommt, pfeifst du einfach, okay?«

»Also ich bin echt sprachlos!«, flüsterte Franka anerkennend. »Ich hätte nie gedacht, dass du so was fertigbringst. Ich habe dich immer für eine Zimperliese gehalten!« Sie verschränkte ihre Hände zu einer Räuberleiter, sodass Lilli ihren Fuß hineinstellen konnte.

»Ehrlich gesagt hätte ich bis vor Kurzem auch nicht gedacht, dass ich zu so was fähig wäre«, gab Lilli verschmitzt zurück. Dann kletterte sie vorsichtig durch die Öffnung und versuchte, sich dabei nicht an den wenigen Glasscherben, die noch im Türrahmen steckten, zu verletzen. Aber als sie kopfüber, mit den Händen voraus, in Doppelbarts Büro landete, hatte sie dennoch einen kleinen Schnitt in der linken Handfläche. Sie rappelte sich hoch und schaute sich dann aufmerksam um. Das Zimmer war sehr sauber und bestens aufgeräumt. In einem Schrank reihten sich zahllose Aktenordner aneinander. Weiter hinten stand ein wuchtiger Schreibtisch aus dunklem Holz mit einer edlen Schreibunterlage aus grünem Leder. In einer Schatulle lagen mehrere verschiedenfarbige Stifte, und daneben stand ein altes Tintenfass mit einer wunderschönen antiken Schreibfeder. Auf der rechten Seite des Tisches stapelten sich ein paar Ordner, die darauf warteten, studiert zu werden. Lilli warf einen schnellen Blick auf die Akten und zuckte zusammen, als sie ihren Namen ganz oben auf dem Stapel entdeckte.

Offensichtlich hatte Vindini nach ihrer Flucht aus der Burg etwas mehr über sie in Erfahrung zu bringen versucht. Das hieß also, dass er inzwischen zurückgekommen sein musste. Vielleicht befand er sich sogar gerade im Nebenzimmer! Lilli spürte, wie die Angst in ihr hochkroch. Zudem hatte sie auch noch das sonderbare Gefühl, von Camilla, die von dem Gemälde an der Wand gönnerhaft auf sie herabsah, bei jeder Bewegung beobachtet zu werden.

Da fiel ihr Blick auf die Verbindungstür, von der Franka gesprochen hatte und die von den riesigen Regalen fast völlig verdeckt wurde. Lilli versuchte, die Klinke herunterzudrücken. Überraschenderweise ließ sich die Tür öffnen. Herr Zacharias hatte wohl gedacht, es reiche aus, die Tür zum Gang zu verschließen.

Sie betrat einen kleinen, düsteren Raum, in dem es nach Staub und vergilbtem Papier roch. Ein schmales Fenster erhellte den Raum nur schwach.

Lillis Herz machte einen Sprung: Das große Buch von Zaratozzino lag geöffnet auf dem Stehpult. Es war kein Irrtum möglich, denn das Buch hatte tatsächlich gigantische Ausmaße. Auf Zehenspitzen schlich sie näher und betrachtete mit großen Augen das Zauberbuch. Das vergilbte Papier war mit reich verzierten, handgemalten Schriftzeichen in einer fremden Sprache bedeckt. Die Seitenränder zierten Zeichnungen von Einhörnern, Drachen und zahllose Porträts von Zauberern mit langen weißen Bärten. Mit einiger Mühe gelang es Lilli, das Buch zuzuklappen. Es hatte einen dunkelroten Ledereinband, auf dem große goldene Lettern prangten.

Sie versuchte, das gewaltige Buch vom Pult zu heben, aber es war viel zu schwer. Daran hatten sie überhaupt nicht gedacht! Lilli unternahm noch mehrere Versuche, bis ihre Arme vor Anstrengung zitterten, aber alle Mühe war vergebens. Schließlich hielt sie einen Moment inne und überlegte fieberhaft. Es musste doch eine Möglichkeit geben, das Buch mitzunehmen … Plötzlich hatte sie eine Idee: Wieso war sie nur nicht früher darauf gekommen? Sie brauchte doch bloß Aristobül zu rufen, für ihn wäre es ein Kinderspiel, das Buch zu tragen!

Lilli wollte zum Fenster gehen, um den Drachen zu rufen, als sie plötzlich hinter sich ein Geräusch hörte. Sie fuhr herum und schrie vor Schreck laut auf: Mitten im Zimmer stand Herr Zacharias! Mit einer Hand hielt er Franka fest, die andere hatte er auf den Mund des Mädchens gepresst. Frankas Augen waren vor Angst geweitet, über ihre Wangen rollten unaufhörlich dicke Tränen und liefen über die Hand des Zauberers. Der schien sich indes bestens zu amüsieren. Auf seinen Lippen lag ein grausames Lächeln.

»Sieh an, sieh an, wen haben wir denn da! Ich habe schon damit gerechnet, dass du früher oder später hier auftauchen würdest, Lilli. Auf die Verbindung zwischen mir und dem Zauberbuch zu kommen dürfte dir nicht allzu schwer gefallen sein. Aber um mich zu besiegen, braucht es schon mehr als zwei dumme Schulmädchen!«

Er lachte böse. »Es war eine leichte Übung, deine kleine Freundin hier zu überraschen! Sie hat das Wacheschieben sträflich vernachlässigt und stattdessen lieber Kaugummiblasen platzen lassen. Wenn du es mit einem Zauberer aufnehmen willst, solltest du deine Komplizen in Zukunft sorgfältiger auswählen, mein Kind.«

Mit diesen Worten stieß er Franka grob von sich, sodass sie stolperte und gegen Lilli taumelte.

»Es tut mir so leid«, schluchzte sie mit tränenerstickter Stimme. »Ich hab ihn überhaupt nicht kommen sehen. Er stand auf einmal vor mir, als wäre er aus dem Boden gewachsen.«

»Ist schon gut«, sagte Lilli tröstend, »bestimmt hat er einen Zauberspruch benutzt, um dich zu überrumpeln!«

»So, ihr beiden Hübschen«, sagte Herr Zacharias spöttisch und rieb sich zufrieden die Hände, »ich werde euch jetzt verlassen! Ihr wolltet ja unbedingt das Große Buch von Zaratozzino haben, jetzt liegt es hier vor eurer Nase, aber glaubt ja nicht, dass es euch etwas nützen wird. Es enthüllt sein Wissen nicht jedem dahergelaufenen Mädchen! Und ich gebe euch noch einen guten Rat: Öffnet schon mal die Vorhänge, damit ihr später unseren Triumphzug bewundern könnt!«

Hämisch grinsend folgte der Zauberer Frankas gehetztem Blick vom Fenster hinüber zur Tür. »Macht euch keine Hoffnung, hier herauszukommen! Das Fenster ist versiegelt, und die Scheiben sind aus bruchsicherem Glas. Und was das Schloss betrifft, so wird ein kleiner Zauberspruch es auf ewig verriegeln. Gebt euch keine Mühe, in meinem Zauberbuch nach irgendwelchen Formeln zu suchen! Ihr könnt euch sicher vorstellen, dass ich nicht so dumm bin, euch die Rettung auf dem Silbertablett zu servieren. Aber keine Angst, wenn alles vorüber ist, werde ich euch abholen! Camilla wird entzückt sein, ihre Adoptivtochter wiederzusehen! Und nun seid ihr ja schon zu zweit – wir haben immer von einer großen Familie geträumt!«

Sein schadenfrohes Lachen ließ die beiden Mädchen schaudern. Der Zauberer deutete spöttisch eine kleine Verbeugung an und schloss die Tür hinter sich. Sie hörten, wie er ein paar unverständliche Worte murmelte, dann entfernten sich seine Schritte rasch. Sie saßen in der Falle.

Franka sank niedergeschlagen zu Boden. »Es tut mir so leid, Lilli«, jammerte sie. »Ich hätte besser aufpassen und dich warnen müssen! Und dabei wollte ich dir doch helfen …«

Lilli setzte sich neben sie und legte ihr tröstend den Arm um die Schultern. Sie wunderte sich, dass sie so freundschaftlich mit Franka umging, aber nun, da diese schluchzend auf dem Hosenboden saß, war sie ihr auf einmal gar nicht mehr so unsympathisch.

»Hab keine Angst, Franka. Wir kommen ganz bestimmt wieder hier raus, wir müssen nur in Ruhe nachdenken!«

»Wie kannst du nur so zuversichtlich sein, Lilli?«, fragte Franka und schüttelte ungläubig den Kopf. »Du scheinst dir deiner Sache ja sehr sicher zu sein!«

»Weißt du, bei allem, was in den letzten Tagen passiert

ist, habe ich gelernt, dass man nie den Mut verlieren darf. Lass uns mal überlegen!«

Lilli sprang auf, ging nervös im Zimmer auf und ab und dachte angestrengt nach.

Franka war ebenfalls wieder aufgestanden: »Aristobül kann uns wohl jetzt auch nicht helfen, oder?«

»Vielleicht doch. Wir sollten wenigstens versuchen, ihn zu rufen!«, meinte Lilli.

Sie stellten sich dicht nebeneinander vor das Fenster. Franka zählte bis drei, dann brüllten beide aus Leibeskräften: »Aristobül! Hol uns hier raus! Aristobül, Hilfe!!!«

Aber es war, als würden ihre Stimmen erstickt, noch bevor sie nach draußen dringen konnten.

»Oh nein! Die Wände verschlucken den Schall«, stellte Lilli verzweifelt fest. »Wie laut wir auch schreien, man kann uns nicht hören. Da nützt selbst Aristobüls feines Gehör nichts. Doppelbart hat diesen Raum bestimmt schalldicht machen lassen. So konnte ihn nie jemand belauschen, wenn er seine Zauberformeln sprach. Wir müssen uns wohl etwas anderes einfallen lassen!«

»Und das Zauberbuch? Könnte uns das nicht doch irgendwie retten?«, überlegte Franka.

Sie traten an das Pult und schlugen gemeinsam das Zauberbuch auf. Dann versuchten sie, das Inhaltsverzeichnis zu entziffern, doch es war in der geheimen Zaubersprache verfasst, die sie nicht verstehen konnten. »Mist, das wird auch nichts!«, fluchte Franka enttäuscht.

»Warte mal, ich glaube, ich hab eine Idee«, rief Lilli plötzlich und zog ein kleines schwarzes Buch aus ihrer Hosentasche. »Das hatte ich ja ganz vergessen!«

»Was ist das?«, fragte Franka neugierig.

»Das *Kleine Handbuch für Anfängerhexen.* Ich hab es aus Camillas Bibliothek geklaut. Mal sehen, vielleicht finden wir darin was Brauchbares!«

»Na gut, wir können es ja mal versuchen«, erwiderte Franka wenig überzeugt.

Lilli blätterte konzentriert in dem Büchlein und schrie plötzlich laut auf. »Schau mal! Hier steht eine Zauberformel, mit der man die Größe von Dingen verändern kann. Vielleicht können wir damit ja das Buch von Zaratozzino verkleinern!«

»Klasse!«, rief Franka begeistert. »Dann können wir es einfach in die Tasche stecken und mitnehmen!«

Lilli sagte in Gedanken mehrmals den kurzen Zauberspruch auf. Sobald sie sich sicher genug fühlte, stellte sie sich vor dem Schreibpult auf und sagte laut:

»Buldur – Zomur – Kalistur!«

Das Buch auf dem Pult begann heftig zu zittern und schrumpfte dann immer weiter zusammen, bis es so klein war, dass man es mit einer Hand umfassen konnte.

Franka hüpfte vor Aufregung auf und ab und klatschte in die Hände. Schließlich war es das erste Mal, dass sie beim Zaubern zuschaute. »Bravo, Lilli! Du bist ja eine richtige Zauberin!«

Doch dann legte sich ihre Freude schnell wieder.

»Na ja, jetzt können wir das Buch einstecken. Aber wir kommen hier immer noch nicht raus! Gibt es nicht auch eine Formel, um verriegelte Türen zu öffnen?«

»Ich sehe gleich mal nach«, murmelte Lilli und blätterte fieberhaft in ihrem Handbuch. Nach einer Weile fand sie tatsächlich einen geeigneten Zauberspruch.

»Versuchen können wir es ja mal!«, meinte sie skeptisch. Dann trat sie an die Tür heran und sprach die Formel laut aus. Das Schloss klickte vernehmlich, und die Tür öffnete sich wie von Geisterhand. Franka sprang auf und fiel ihrer Klassenkameradin jubelnd um den Hals.

»Was für ein erbärmlicher Zauberer dieser Vindini ist!«, lachte sie triumphierend. »Jetzt weiß ich auch, warum er unbedingt das Buch seines Bruders haben wollte!«

Lilli strahlte bis über beide Ohren und steckte das mittlerweile sehr handliche Buch von Zaratozzino in ihre Tasche. Dann stürzten die Mädchen nach draußen und rannten, so schnell sie konnten, quer über den Schulhof zu Aristobül, der geduldig hinter der Turnhalle gewartet hatte.

»Alles in Ordnung? Habt ihr das Buch gefunden?«, fragte er gespannt, als die Mädchen auf ihn zuliefen. »Das hat ja ganz schön lange gedauert!«

»Was?!«, schimpfte Franka entrüstet. »Bist du denn gar nicht auf die Idee gekommen, dass wir vielleicht in Schwierigkeiten stecken könnten? Dieser Vindini hat uns auf frischer Tat ertappt und in seinem Büro eingesperrt!«

»Feuerblitz und Schwefel! Und ich dachte, ihr hättet die ganze Zeit nach dem Buch gesucht. Warum habt ihr mich denn nicht gerufen?«

»Das haben wir doch, Aristobül«, rief Lilli. »Aber Vindini war bestens vorbereitet. Er hatte uns in einem schalldichten Raum eingesperrt. Aber Hauptsache, wir haben das Buch von Zaratozzino gefunden!«

»Aber wo ist es denn?«, fragte der Drache verwirrt. »Wir können es doch nicht einfach hierlassen!«

Lilli lächelte verschwörerisch: »Du wirst es nicht glauben, aber es steckt in meiner Hosentasche! Glücklicherweise habe ich nämlich in meinem *Handbuch für Anfängerhexen* einen Zauberspruch gefunden, mit dem ich diesen Riesenwälzer in ein klitzekleines Taschenbuch verwandeln konnte!«

Aristobül vergaß alle Vorsicht, richtete sich zu seiner vollen Größe auf, klopfte vor Begeisterung mit dem Schwanz aufs Pflaster: »Das ist ja fantastisch, Lilli! Vielleicht schaffen wir es ja doch noch, Camillas Fluch wieder aufzuheben und die Drachen zu befreien! Kommt, schnell! Ich werde euch zu der Höhle bringen, in der sich Gedeon versteckt hält. Dort können wir das Buch in Ruhe studieren!«

Nachdem die Mädchen auf den Rücken des Drachen geklettert waren, schwang er sich in die Lüfte, und sie ließen den Schulhof rasch hinter sich.

10. Kapitel
Die Zauberflöte

Aristobül hatte Gedeon am Morgen in der Höhle zurückgelassen, in der die beiden übernachtet hatten. Die Drachen kannten von alters her viele Verstecke auf der Erde, in denen sie sich vor den Menschen verkriechen konnten. Die Höhle befand sich an einem bewaldeten Felshang in der Nähe von Lillis Heimatstadt. Ihr Eingang lag gut geschützt in einer unzugänglichen Felsspalte, die von dichtem Dorngestrüpp überwuchert war. Mit Aristobüls Hilfe gelang es den Mädchen jedoch, unverletzt hineinzukommen. Im Innern der Höhle war es so finster, dass man nicht einmal die Hand vor Augen erkennen konnte, und der modrige Geruch verschlug Lilli und Franka fast den Atem. Aristobül ging voran und erleuchtete ihnen mit seiner Flamme den Weg. Sie fanden Gedeon friedlich schnarchend auf einem Laubhaufen vor.

Aristobül schichtete einige herumliegende Äste auf und entzündete ein Feuer. Der flackernde Schein der Flammen warf bizarre Schatten an die Wände, die mit zahlreichen Malereien bedeckt waren.

»Wir sind hier in einer sehr alten Drachenhöhle«, erklärte Aristobül.

»Mit ein wenig Glück könnte man vielleicht sogar noch irgendwo einen versteckten Schatz finden. Die Zeichnungen an den Wänden stammen von entführten Prinzessinnen, die sich einst damit die Zeit vertrieben haben.«

Lilli klopfte sich den Staub von der Hose und zog das Buch von Zaratozzino aus der Tasche. Sie reichte es Aristobül, der es vorsichtig entgegennahm. Dann schlug sie in ihrem *Handbuch für Anfängerhexen* noch einmal die richtige Zauberformel nach und sprach sie laut aus. Sofort nahm das Buch wieder sein ursprüngliches Format an.

Im Licht der tanzenden Flammen schien es fast so, als ob sich die goldenen Lettern auf dem Einband bewegten. Die Mädchen waren wie gebannt, und auch Aristobül konnte seinen Blick nicht mehr von dem Buch wenden.

Er flüsterte ehrfürchtig: »Ja, das ist es! Wir haben es endlich wiedergefunden, das Große Buch von Zaratozzino … Ich habe es noch nie selber in den Klauen gehalten! Ist es nicht wunderschön?«

Lilli nickte ungeduldig und sprach dann fast beschwörend auf den Drachen ein: »Leider haben wir jetzt keine Zeit, das Buch zu bewundern, Aristobül. Wir müssen uns beeilen, bitte!«

Der Drache zuckte zusammen: »Wie?«

Dann besann er sich und seufzte: »Oh, ja, natürlich! Du hast absolut recht, Lilli.«

Er holte einen Kneifer hervor und setzte ihn auf die Spitze seiner langen Schnauze, um dann mit ernster Miene das Inhaltsverzeichnis des Zauberbuches zu studieren. Die Kralle seines Zeigefingers fuhr dabei unablässig über die merkwürdigen Schriftzeichen. In der Höhle war außer dem Knistern des Feuers kein Laut zu hören.

Endlich richtete sich der Drache mit leuchtenden Augen auf: »Ich habe es gefunden! Es steht auf Seite 2012: ›Wie man tauben Drachen ihr Gehör zurückgibt‹. Das ist ja fantastisch! Wir sind gerettet!«

»Kannst du diese seltsame Sprache denn verstehen?«, fragte Franka, für die das Buch nur aus Zahlen und unverständlichen Schriftzeichen bestand.

»Aber natürlich«, erwiderte Aristobül. »Das ist die Schrift der Himmelswelt. Alle Bewohner unserer Inseln können sie verstehen.«

Lilli hatte währenddessen das Buch durchgeblättert und die richtige Seite gesucht.

»Hier ist es!«, rief sie plötzlich aufgeregt. »Seite 2012! Hier schau, Aristobül!«

Der Drache klemmte sich erneut seinen Kneifer auf die Nase und beugte sich über das Buch. Wieder wurde es still in der Höhle. Endlich, nach einigen endlos scheinenden Minuten, richtete Aristobül sich auf. Seine Augen hatten allen Glanz verloren.

»Und?«, fragten Franka und Lilli wie aus einem Mund.

»Es ist eine Katastrophe!«, murmelte der Drache düster.

»Was ist denn los?« Lilli konnte sich kaum noch beherrschen, sie war gespannt wie ein Flitzebogen.

»Es gibt keine Formel, um den Drachen das Gehör zurückzuzaubern ...«

»Wie bitte!? Das darf doch nicht wahr sein!«, schimpfte Franka. »Soll unsere ganze Mühe etwa umsonst gewesen sein?«

»Das glaube ich einfach nicht!«

Lillis Stimme überschlug sich fast. »Du hast doch gesagt, im Inhaltsverzeichnis steht: ›Wie man tauben Drachen ihr Gehör zurückgibt‹, siehe Seite 2012! Und dann soll es auf dieser Seite keinen Hinweis darauf geben? Hat Zaratozzino vielleicht eine Seite angelegt, auf der geschrieben steht: ›Tut mir leid, es gibt keine Möglichkeit, tauben Drachen ihr Gehör zurückzuzaubern‹?«

Aristobül fuhr sich mit einem riesigen Taschentuch über die Stirn.

»Nein, natürlich nicht, Lilli. Es gibt durchaus eine Möglichkeit, um den tauben Drachen zu helfen, aber es existiert keine Zauberformel.«

»Was muss man denn stattdessen machen?«, fragte Franka atemlos.

»Man muss die Zauberflöte finden, die auf dem Grund des Sees der Blauen Insel liegt.«

»Na schön! Dann machen wir uns doch gleich mal auf die Suche!«, rief Lilli forsch und sprang auf. »Wie gut, dass es eine Flöte ist, die kann ich wenigstens spielen, falls wir sie finden sollten. Ich habe nämlich seit drei Jahren Flötenunterricht! Wenn es ein Saxofon gewesen wäre, hätte die Sache komplizierter ausgesehen ...«

Aristobül räusperte sich und sagte dann traurig: »Leider gibt es da aber noch ein Problem ...«

»Und was für eins?«, riefen Lilli und Franka ungeduldig.

»Die Blaue Insel existiert nicht mehr!«, schnaubte Aristobül grimmig und klappte lautstark das Buch zu.

Lilli hatte das Gefühl, dass ihr der Boden unter den Füßen weggezogen wurde. Nun war alles verloren! Es gab keine Blaue Insel mehr, also auch keinen See und keine Flöte und somit keine Möglichkeit, die Drachen und die Erde zu retten. Sie wünschte sich, aufzuwachen und festzustellen, dass dies alles nur ein böser Traum gewesen war.

Indessen sprach Aristobül weiter:

»Die Blaue Insel war einst der liebste Urlaubsort der Drachen. Es war eine paradiesisch schöne Insel mit einem wunderbaren, kristallklaren blauen See genau in der Mitte. An seinem Ufer konnte man sich im feinen, goldfarbenen Sand aalen, und rundherum wuchsen Palmen und exotische Blumen in allen nur erdenklichen Farben. Es war einfach fantastisch!«

»Und was ist mit der Insel geschehen?«, fragte Lilli mit zitternder Stimme.

»Camilla hat sie erobert und in eine scheußliche schwarze Wüstenlandschaft verwandelt. Und dann hat sie ihre Festung darauf erbauen lassen.«

»Die Schwarze Insel!«, rief Lilli atemlos. »Aber dann ist ja doch nicht alles verloren! Wenn die Insel noch existiert, muss es die Flöte auch noch geben! Auf zur Schwarzen Insel!«

»Meinst du wirklich?«, fragte Aristobül besorgt. »Du hast doch gesehen, dass die Burg strengstens bewacht wird. Und selbst wenn es dir noch einmal gelingen sollte, dich hineinzuschleichen, wie willst du dann einen so kleinen Gegenstand wie eine Flöte in dieser riesigen Festung finden? Das ist ja, als ob man die sprichwörtliche Nadel im Heuhaufen suchen würde! Ganz zu schweigen davon, dass das Drachenabwehrsystem immer noch aktiviert ist.«

»Es ist unsere einzige Chance, Aristobül«, erwiderte Lilli ernst. »Wir müssen es wagen! Und was das Drachenabwehrsystem betrifft, so kann es Gedeon nichts anhaben. Er wird mich auf der Schwarzen Insel absetzen. Und du versteckst dich solange und wartest auf uns. Was hältst du davon?«

Aristobül sah schon wieder etwas zuversichtlicher aus.

»Wie gut, dass wir dich um Hilfe gebeten haben, Lilli! Du gibst wirklich niemals auf! Also gut, lasst uns Gedeon wecken und rasch aufbrechen! Franka können wir unterwegs zu Hause absetzen und dann gleich weiterfliegen.«

»Wie bitte? Was heißt hier: Franka zu Hause absetzen?«, empörte sich das Mädchen und stemmte die Fäuste in die Hüften. »Das kommt überhaupt nicht infrage! Ich werde euch selbstverständlich begleiten!«

»Nein, das ist viel zu gefährlich«, widersprach der Drache. »Ich habe schon ein furchtbar schlechtes Gewissen, Lilli dieser Gefahr noch einmal auszusetzen!«

»Aristobül hat recht!«, bekräftigte Lilli, die ihre ehemalige Erzfeindin so schnell wie möglich wieder loswerden wollte. Obwohl sie zugeben musste, dass sie ihr mittlerweile fast schon sympathisch geworden war. Aber das hier war schließlich Lillis Abenteuer!

»Es ist wirklich zu gefährlich, Franka. Besser, du gehst nach Hause!«

»Ich denke ja gar nicht daran! Ich werde euch auf jeden Fall begleiten!« Frankas Wangen hatten sich dunkelrot gefärbt, und sie stampfte trotzig mit dem Fuß auf.

»Schließlich könnte es sein, dass Lilli mich braucht. Ist mir doch egal, ob es gefährlich wird.«

Sie ergriff Lillis Hand, und ihre Stimme nahm einen flehenden Ton an: »Bitte, lass mich mitkommen! Bestimmt kann ich euch noch nützlich sein! Außerdem möchte ich das Abenteuer so gerne zu Ende miterleben! Und wenn es Camilla gelingt, ihren schrecklichen Plan in die Tat umzusetzen, wäre ich doch zu Hause auch nicht mehr sicher.

Lilli warf Aristobül einen Hilfe suchenden Blick zu. Warum brachte er Franka nicht endlich zur Vernunft?

Doch der Drache schnaubte stattdessen nachgiebig: »Vielleicht hast du ja recht, Franka … Also gut, du darfst mitkommen! Aber ich möchte noch einmal betonen, dass es sehr gefährlich ist!«

»Danke! Ich werde ganz bestimmt gut aufpassen, versprochen!«, jubelte das Mädchen und vollführte Luftsprünge vor Freude.

Lilli schloss die Augen und fluchte innerlich. Warum war sie nur auf die Idee gekommen, Franka um Hilfe zu bitten? Zwar war es ihnen mit vereinten Kräften gelungen, das Zauberbuch zu finden, aber sie fühlte sich in Gegenwart ihrer ehemaligen Erzfeindin immer noch nicht ganz wohl. Nun musste sie sich jedoch wohl oder übel mit der Situation abfinden.

Aristobül erhob sich und schüttelte geräuschvoll den Staub von seinen Schuppen. Es war höchste Zeit, aufzubrechen! Nachdem sie das Buch von Zaratozzino wieder verkleinert hatten, damit es besser zu transportieren war, steckte der Drache es ein. Er wollte es an einen geheimen Ort bringen, wo Camilla und Vindini es nicht finden würden.

Kurz darauf schwangen sich die beiden Drachen über dem Wald in die Lüfte. Aristobül flog voraus und stieg immer höher in die Wolken hinauf. Gedeon trug die beiden Mädchen auf seinem Rücken. Unter ihnen wurden die Baumkronen immer kleiner, bis ringsum nur noch die blaue Weite des Himmels zu sehen war.

Lilli hatte das Gefühl, als würde die Zeit schneller laufen. Es schien ihr, als seien sie eben erst losgeflogen, da tauchte die Schwarze Insel auch schon zwischen den Wolken auf. Während des Fluges hatte sie fieberhaft darüber nachgedacht, an welcher Stelle der Burg die Flöte wohl versteckt sein könnte, aber ihr war keine zündende Idee gekommen.

Ihr Herz zog sich zusammen, als sie erneut das schaurige Gemäuer erblickte, das zwischen den düsteren Wolkenmassen hervorragte. Dieser Ort sah wirklich aus, als wäre er einem schrecklichen Albtraum entsprungen! Dass hier einst das Paradies der Drachen gewesen sein sollte, konnte Lilli kaum glauben.

Aristobül verlangsamte sein Tempo und wartete, bis Gedeon auf gleicher Höhe mit ihm war. Dann rief er den Mädchen zu: »Viel Glück! Seid vorsichtig!«

Er ließ Gedeon an sich vorbeiziehen und winkte ihnen bedrückt nach, bis sie in den düsteren Wolken verschwunden waren. Leider konnte er nichts tun, um Lilli und Franka zu helfen, solange sie auf der Schwarzen Insel waren. Ihm blieb nichts anderes übrig, als zu hoffen, dass alles gut gehen würde. In der Zwischenzeit musste er das Zauberbuch an einem sicheren Ort verstecken …

Da der Sturm und die zuckenden Blitze des Drachenabwehrsystems Gedeon nichts anhaben konnten, erreichten sie ungehindert die Schwarze Insel. Der Drache landete hinter der Burg, in der Nähe des rostigen Törchens, durch das Lilli beim ersten Mal in die Festung gelangt war. Es war auch jetzt nicht verriegelt. Lilli befahl Gedeon, sich bereitzuhalten und auf sie zu warten. Dann betraten die beiden Mädchen die Burg.

Lilli ging voraus und hoffte inständig, dass sie keinem von Camillas Soldaten in die Arme laufen würden. Zunächst wollte sie sich vergewissern, dass die Drachen noch da waren. Dann würde sie weitersehen ... Franka schlich stumm und verängstigt hinter ihr her. Lilli hatte bei der Beschreibung von Camillas Festung nicht übertrieben! Es herrschte eine gespenstische Atmosphäre, die Gänge waren düster und eng, und von dem ekligen Gestank wurde ihr ganz übel. Sie sehnte sich nach Tageslicht und frischer Luft. Nun, da sie sich in der gewaltigen Burg befand, erschien ihr das Vorhaben völlig wahnwitzig, eine winzige Flöte darin finden zu wollen. Wie naiv war sie gewesen, als sie darauf bestanden hatte, Lilli zu begleiten! Eben war ihr alles noch wie ein spannender Abenteuerfilm vorgekommen. Aber jetzt hatte sie vor lauter Angst eine Gänsehaut. Was sollten sie nur tun, wenn sie von Camillas Soldaten erwischt wurden und im Kerker landeten? Franka schauderte bei diesem Gedanken. Aber schließlich hatte sie Lilli versprochen, ihr zu helfen, und nun konnte sie ihre Kameradin nicht einfach im Stich lassen. Nein, es gab kein Zurück mehr! Franka biss die Zähne zusammen und ballte entschlossen die Fäuste.

Lilli hatte denselben Weg gewählt wie beim letzten Mal, und so gelangten sie nach einer Weile zu der großen Tür, hinter der sich das Kellergewölbe befand, in dem die Drachen geschlafen hatten. Die Mädchen schlichen vorsichtig auf die Empore und lugten über das Geländer. Das Gewölbe war leer.

»Meinst du, sie sind schon losgeflogen?«, flüsterte Franka.

»Ich weiß nicht. Vielleicht sind sie ja noch im Hof und trainieren. Das hoffe ich jedenfalls!«

»Was sollen wir denn jetzt machen?«, fragte Franka und sah sich schaudernd um. »Es ist so gruselig hier! Überall hört man merkwürdige Geräusche.«

»Ja, ich weiß«, murmelte Lilli. »Also, lass uns mal überlegen. Es gibt zwei Möglichkeiten: Entweder hat Camilla die Flöte gefunden, als sie ihre Burg erbauen ließ. In diesem Fall hätte sie sie bestimmt irgendwo versteckt. Oder ...«

»... sie hat sie nicht gefunden, und dann steht jetzt diese monströse Burg genau obendrauf!«, rief Franka verzweifelt.

Lilli rieb sich das Kinn.

»Die zweite Möglichkeit halte ich für sehr unwahrscheinlich«, sagte sie. »Meinst du wirklich, dass Camilla ihre Festung zufällig hier errichtet hat? Und dass sie sich zufällig ausgedacht hat, die Drachen taub zu machen? Nein, das wären eindeutig zu viele Zufälle! Ich bin sicher, dass sie all das langfristig geplant hat und dass sie die Flöte längst besitzt! Los, komm mit, wir müssen ihre Gemächer durchsuchen!«

»Meinst du wirklich?«, fragte Franka, der die Vorstellung, Camilla eventuell in die Arme zu laufen, nicht gerade behagte. Der seltsam durchdringende Blick, mit dem die Zauberin von der Wand in Doppelbarts Büro herabgestarrt hatte, war schon unangenehm genug gewesen.

Lilli ließ sich jedoch nicht beirren. Sie vertraute auf die Unsichtbarkeitsformel, die sie fortwährend in Gedanken wiederholte, um sie, wenn nötig, gleich anwenden zu können. Und so machten sich die Mädchen auf die Suche nach der Treppe, die in die oberen Stockwerke führte.

Eine Ewigkeit schien vergangen zu sein, bis sie den gesuchten Aufgang endlich gefunden hatten. Geduckt liefen sie auf leisen Sohlen die Stufen hinauf und erwarteten, jeden Augenblick einem Wachsoldaten zu begegnen. Aber sie hatten Glück. Auch der lange Flur war leer, weit und breit war niemand zu sehen.

Auf einmal zog Franka ihre Gefährtin am Ärmel und wisperte aufgeregt: »Lilli, warte mal!«

Sie waren eben an einer Schießscharte vorbeigekommen, neben der ein kostbarer Wandteppich hing, auf dem eine mittelalterliche Jagdszene dargestellt war. Die Mädchen stellten sich auf die Zehenspitzen und schauten hinaus. Unter ihnen lag der Burghof. Dort war eine ganze Horde schwarz gepanzerter Drachen eifrig mit dem Training beschäftigt. Aber im Unterschied zum letzten Mal, als Lilli diesem schrecklichen Schauspiel beigewohnt hatte, waren diesmal auch Hunderte von Soldaten vor Ort. Ihre blanken Rüstungen blitzten in der Sonne, und sie waren bis an die Zähne bewaffnet. Bei ihrem Anblick lief es Lilli eiskalt den Rücken hinunter. Die Soldaten waren dabei, die Drachen an Sattel und Zaumzeug zu gewöhnen. Offenbar stand der Angriff auf die Erde kurz bevor.

»Wir müssen uns beeilen«, flüsterte Lilli entsetzt. »Sie werden schon bald so weit sein!«

Die Mädchen streiften weiter durch die endlosen Korridore auf der Suche nach Camillas Gemächern. Da Lilli glücklicherweise ein hervorragendes Gedächtnis hatte, dauerte es nicht lange, bis sie die Räume gefunden hatten.

Das Schlafgemach der Zauberin war leer. Es herrschte ein unbeschreibliches Durcheinander darin, das ahnen ließ, in welch fieberhaftem Wahn Camilla sich in den letzten Tagen befunden haben musste. Ihre eleganten Roben lagen achtlos auf dem Boden und auf dem zerwühlten Himmelbett. Dutzende Paar Schuhe, die jeweils zu den verschiedenen Kleidern passten, waren auf dem Teppich verstreut. Aus den halb geöffneten Schubladen ihrer antiken Kommoden quollen Seidentücher, Spitzenunterröcke, Hüte, Handschuhe und Schals hervor. Auch im angrenzenden Frisierzimmer herrschte ein heilloses Chaos.

Franka und Lilli sahen sich freudig überrascht an, denn die Unordnung kam ihnen wie gerufen! So würde Camilla nicht einmal merken, dass sie hier gewesen waren und in ihren Sachen herumgeschnüffelt hatten!

Doch außer einer Unmenge Kleider, von denen eines prächtiger als das andere war, unzähligen Schuhen und Hunderten von eleganten Mänteln mit passenden Handtaschen, riesigen Hüten in den unterschiedlichsten Farben und Formen sowie einer unüberschaubaren Anzahl von Creme-, Salben- und Schminktöpfchen fanden sie nichts. Es gab nicht den geringsten Hinweis auf den Verbleib der Flöte. Nachdem die Mädchen das gesamte Schlafgemach vergeblich abgesucht hatten, ließen sie sich erschöpft auf Camillas Bett fallen, um kurz zu verschnaufen, bevor sie sich den Salon vornehmen wollten.

»Was für eine schrecklich unordentliche und eitle Person!«, seufzte Franka und rümpfte die Nase.

»Es gibt kein einziges Buch hier, keinen Stift, nicht mal ein Tagebuch, in dem sie das Versteck hätte notieren können.«

»Warum hätte ich das auch tun sollen?«, fragte plötzlich eine schneidende Stimme hinter den Mädchen.

Lilli und Franka stießen beide einen entsetzten Schrei aus und fuhren herum. Vor ihnen stand Camilla. Sie war wie immer strahlend schön und trug ein Kleid aus feinem, mit Gold durchwirktem Stoff. Auch ihre langen glänzenden Haare waren mit Goldfäden durchflochten. Ihre Augen blitzten hochmütig, und um ihren Mund spielte ein spöttisches Lächeln.

»Sieh an, Lilli, du bist also zurückgekehrt! Ich hätte mir zwar gewünscht, du wärest meinetwegen hier, aber offensichtlich bist du immer noch wild entschlossen, diesen armseligen Drachen zu helfen! Ich habe dir ja gesagt, dass du deine Zeit verschwendest, meine Liebe. Hast du immer noch nicht verstanden, dass ich unbesiegbar bin? Du solltest dich mir lieber endlich freiwillig anschließen, bevor ich dich dazu zwinge. Du könntest noch so viel von mir lernen!«

»Nein danke!«, erwiderte Lilli, die ihre Sprache inzwischen

wiedergefunden hatte. »Sie sind der abscheulichste Mensch, den ich kenne, und ich möchte niemals so werden wie Sie!«

Camillas Augen funkelten zornig. Ihre Wangen hatten sich bei Lillis Worten leicht gerötet, dennoch fuhr sie mit zuckersüßer Stimme fort:

»Nun gut! Wir werden das alles besprechen, wenn ich zurück bin und mein Werk vollendet ist. Dann wirst du sowieso keine andere Wahl mehr haben, als hier bei mir zu bleiben. Aber da du ja so störrisch und unbelehrbar bist, kann ich dir leider vorerst nicht mehr vertrauen, Lilli. Deine Gemächer werden dir erst wieder zur Verfügung stehen, wenn du die Voraussetzungen dafür erfüllst. Bis dahin werdet ihr beide, du und deine kleine Freundin hier, in meinem dunkelsten und tiefsten Kerker über alles nachdenken! Ich bin sicher, das wird euch eine Lehre sein!«

Camilla klatschte in die Hände, und gleich darauf stürmten zwei schwer bewaffnete Soldaten ins Zimmer. Franka stieß einen unterdrückten Schrei aus, als sie von den Wachen ergriffen wurden.

»Wir treffen uns später, meine Täubchen«, säuselte Camilla und warf den Mädchen zum Abschied einen Handkuss zu. »Dann werden wir die letzten lebenden Menschen sein! Ist das nicht wundervoll?«

Lilli folgte dem Soldaten, ohne Widerstand zu leisten. Aus Erfahrung wusste sie, dass es zwecklos war, sich zu wehren. Franka hingegen kämpfte verbissen und versuchte vergeblich, ihr Handgelenk aus dem schraubstockartigen Griff des Soldaten zu befreien.

Die Männer führten die beiden Gefangenen in die Kellerräume der Burg hinunter. Diesmal blieben sie jedoch nicht auf der Ebene, auf der sich das Gewölbe befand, in dem die Drachen geschlafen hatten, sondern stiegen noch tiefer ins Innere der Festung hinab. Die Luft wurde immer dünner, die Finsternis schien undurchdringlich, und der faulige Gestank war kaum noch zu ertragen.

Franka leistete inzwischen keinen Widerstand mehr. Schluchzend stolperte sie hinter Lilli her, die ebenfalls mit den Tränen kämpfte. Die Mädchen waren verzweifelt und hatten furchtbare Angst. Wie sollten sie nur aus dieser misslichen Lage wieder herauskommen? Bislang war das Glück stets auf ihrer Seite gewesen, aber damit war es nun wohl vorbei.

Nachdem sie Hunderte von Stufen hinabgestiegen und Dutzende von Gängen entlanggestolpert waren, blieben die Soldaten endlich vor einer gewaltigen, durch Metallstreben verstärkten Tür mit einem rostigen Vorhängeschloss stehen.

Vor der Tür hatte ein Wachmann auf einem Hocker gedöst. Als die kleine Gruppe näher gekommen war, hatte er sich mühsam aufgerappelt, um seine Kameraden zu begrüßen. Er musste sich schon sehr lange in dem feuchten Kellergewölbe aufhalten, denn auf seinen Wangen und Händen wucherten überall ekelhafte Schimmelpilze.

»Na so was, Besuch! Das gab's ja lange nicht!«, stieß er mit schwerer Zunge hervor.

»Ja, wir bringen dir Gesellschaft!«, brummte der Soldat, der Lilli festhielt.

»Das wird vor allem den Kollegen da drin freuen!«, knurrte der Kerkermeister und zog einen riesigen Schlüsselbund aus der Tasche.

»Lebt der immer noch?«, fragte der Soldat zurück.

»Ja, von Zeit zu Zeit höre ich ihn hinter der Tür rumoren. Der alte Dummkopf klammert sich ans Leben …«

Der Wärter wählte einen großen Schlüssel aus und steckte ihn ins Schloss. Dann drehte er ihn mehrmals um, bis die Tür des Verlieses mit einem grässlichen Quietschen aufsprang. Lilli und Franka wurden ohne Vorwarnung in den dunklen Kerkerschlund gestoßen. Die Tür fiel hinter ihnen ins Schloss und wurde mehrfach verriegelt. Dann umgab sie rabenschwarze Finsternis.

11. Kapitel
Unter der Burg

»Lilli, wo bist du?«, wisperte Franka ängstlich.

Die Antwort klang nicht weniger bang: »Hier!«

»Jetzt sitzen wir schon wieder in der Falle! Aber im Vergleich zu diesem Loch war Doppelbarts Büro ja das reinste Paradies. Was sollen wir bloß tun?«

»Ich habe keine Ahnung«, erwiderte Lilli mutlos. Diesmal wusste auch sie keinen Rat. Nicht einmal ihr Kleines *Handbuch für Anfängerhexen* konnte ihnen jetzt helfen, denn es war so dunkel, dass man noch nicht einmal die Hand vor Augen sehen konnte.

Aber selbst wenn es den Mädchen gelungen wäre, aus dem Kerker zu fliehen, hätte ihnen das nicht viel genützt, denn ohne die Flöte konnten sie die Drachen nicht von Camillas Fluch befreien. Und abgesehen davon würde die Zeit jetzt ohnehin nicht mehr ausreichen, um die riesige Burg zu durchstöbern.

In Lillis Augen brannten Tränen, als sie an ihre Eltern dachte, an Laura und an all die anderen ahnungslosen Menschen auf der Erde. Sie ließ sich mutlos auf den modrigen

Boden fallen, zog die Knie an, stützte ihren Kopf auf die Arme und begann bitterlich zu weinen.

Plötzlich hörte sie ganz in der Nähe ein Rascheln, und auf einmal streifte etwas Weiches, Pelziges ihr Bein. Sie stieß einen gellenden Schrei aus und sprang erschrocken auf.

»Lilli, was ist passiert?«, rief Franka entsetzt.

»Igitt, irgendwas Ekliges hat mich berührt!«

Lilli schüttelte sich und klapperte vor Angst mit den Zähnen, als plötzlich auch Franka aufschrie.

»Iiihhh! Ich hab es auch gespürt! Es ist ganz haarig! Was ist das bloß?«

»Ich will hier raus!«, brüllte Lilli, während ihr unaufhörlich Tränen über die Wangen liefen.

»Ich auch«, schluchzte Franka. Dann zog sie geräuschvoll die Nase hoch und stieß zwischen zwei Schluchzern hervor: »Wo bist du, Lilli? Komm rüber zu mir, dann können wir uns wenigstens aneinander festhalten!«

»Okay, ich versuch's!«, erwiderte Lilli mit zitternder Stimme. Sie setzte vorsichtig einen Fuß vor den anderen und tastete sich durch die Dunkelheit in die Richtung vor, aus der Frankas Stimme gekommen war. Als sie ihre Gefährtin erreicht hatte, fassten sie sich fest an den Händen. Allmählich beruhigten sich die Mädchen ein wenig.

»Wir müssen hier raus!«, flüsterte Lilli verzweifelt.

»Aber wie denn?«, seufzte Franka ratlos. »Wir wissen doch nicht mal, wo die Tür ist.«

»Egal!« Lilli zog die Nase hoch und versuchte, klar zu

denken. »Ich kann nicht tatenlos hier herumsitzen. Das macht mich ganz krank!«

Da ertönte plötzlich in der Nähe ein seltsames Geräusch. Es klang, als ob ein verschnupfter Riese sich räuspern würde. Die beiden Mädchen schraken zusammen und hielten sich voller Angst aneinander fest.

»Da ist jemand!«, flüsterte Franka und drückte Lillis Hand noch stärker.

Lilli schluckte und stieß dann stockend hervor: »Die Männer haben doch vorhin von einem anderen Gefangenen gesprochen … Das ist er bestimmt.«

Da war das seltsame Geräusch schon wieder! Lilli nahm ihr letztes Quäntchen Mut zusammen und wisperte in die Finsternis hinein: »Hallo, ist da jemand?«

Auf einmal leuchteten zwei schwache Lichter über ihren Köpfen auf, die sich allmählich zu kleinen Flämmchen entwickelten. Sie waren noch zu schwach, um die Finsternis des Verlieses zu durchdringen, riefen aber eine Erinnerung in Lilli hervor. Ihr Herz machte einen Sprung.

»Aristobül?«, fragte sie beklommen.

Jetzt wurden die Flammen heller und ließen die Umrisse eines gewaltigen Drachen erkennen.

»Nein, ich bin nicht Aristobül«, krächzte der Drache. »Ich heiße Theodül. Und mit wem habe ich die Ehre, bitte?«

Er beugte sich zu den Mädchen hinunter, um ihre Gesichter im Schein der Flammen besser sehen zu können. Auch Lilli und Franka betrachteten ihn jetzt genauer. Er war sehr alt und hatte einen verfilzten grauen Schnurrbart. Seine Schuppen waren runzlig und mit einer dicken Moderschicht überzogen. Sie sahen aus, als würden sie im nächsten Moment abfallen. Auf seiner zerfurchten Schnauze saß eine verbeulte Brille mit zerkratzten Gläsern, hinter denen zwei müde, aber freundliche Augen hervorblinzelten.

Plötzlich fielen Lilli Aristobüls Worte wieder ein: Camilla lebte einst im Mittelalter in einem prächtigen Schloss und führte ein friedliches Leben, bis sie von einem Drachen namens Theodül entführt wurde …

»Sind Sie zufällig der Theodül, der Camilla entführt und auf die Dracheninsel gebracht hat?«, fragte Lilli schüchtern.

»Ja, der bin ich«, erwiderte Theodül traurig und beugte sich noch weiter zu dem Mädchen herunter. »Aber verrate mir doch bitte, wie es kommt, dass du mich kennst, mein Kind? Soweit ich weiß, hatte ich bislang nicht das Vergnügen, deine Bekanntschaft zu machen, oder irre ich mich?«

»Ich heiße Lilli, und das hier ist Franka. Wir sind uns noch nie begegnet, Theodül, aber ich habe in Schwefelstein von Ihnen gehört.«

»Ah, Schwefelstein … Wie lange habe ich diesen wunderbaren Namen schon nicht mehr vernommen! Wie geht es den lieben Drachen?«

»Leider gar nicht gut!«

Und dann erzählte Lilli ihm die ganze Geschichte von den verzauberten Drachen und von Camillas bevorstehendem Feldzug gegen die Erde.

»Aber das ist ja furchtbar!«, stöhnte Theodül, nachdem er ihren Worten aufmerksam gelauscht hatte.

»Taub zu sein ist das Schlimmste, was einem Drachen passieren kann. Was habe ich da nur angerichtet ...«

Er schnaubte verzweifelt und fuhr dann leise fort: »Ich hätte ahnen müssen, was passieren würde. Wenn wir abends in meiner Höhle am Feuer saßen, hat Camilla mir oft von ihren Allmachtsträumen erzählt. Damals hätte ich sie auf der Stelle in ihr Schloss zurückbringen und jegliche Zauberkünste von ihr fernhalten müssen! Aber sie war so wunderschön ... Was habe ich nur getan?«

Dicke Tränen rollten über Theodüls runzlige Wangen und sammelten sich in seinem langen Schnurrbart. Lilli hatte währenddessen versucht, abzuschätzen, wie alt der Drache wohl war und wie lange er schon in diesem finsteren Kerker saß. Er tat ihr leid, und sie tätschelte ihm aufmunternd die Klaue.

»Nicht doch, Theodül! Es war ganz bestimmt nicht Ihre Schuld. Camilla hat Sie nur benutzt, wie sie das mit allen Wesen tut ...«

Theodül seufzte tief und sah Lilli dankbar an. Dann fragte er schniefend: »Aber was machen eigentlich zwei kleine Mädchen wie ihr an diesem schaurigen Ort?«

»Wir sind gekommen, um die Drachen zu retten!«, erklärte Franka stolz. »Es gibt nur eine Möglichkeit, sie von ihrer Taubheit zu heilen: Man muss ihnen ein Lied auf der Zauberflöte vorspielen.«

»Und diese Flöte befand sich einst auf dem Grund des Sees in der Mitte der Blauen Insel, bevor Camillas Burg darauf errichtet wurde«, fügte Lilli hinzu. »Wir sind gekommen, um die Flöte zu suchen. Aber ich fürchte, das ist wohl gründlich schiefgegangen.«

»Hmm«, murmelte Theodül nachdenklich, nachdem er eine Weile seinen Schnurrbart gezwirbelt hatte. »Vielleicht auch nicht …«

»Was soll das heißen?«, fragte Lilli erstaunt.

»Den See gibt es immer noch! Camilla fand es wohl amüsant, ihn zu erhalten. Auf diese Weise konnte sie sich etwas aneignen, was den Drachen lieb und teuer war. Sie hat die Grundmauern ihrer Festung rund um den See bauen lassen. Vielleicht befindet sich die Flöte ja immer noch auf seinem Grund! Jedenfalls würde es Camilla ähnlich sehen, wenn es so wäre.«

Franka schlug sich mit der flachen Hand an die Stirn: »Das darf doch nicht wahr sein! Anstatt die Flöte hier unten zu suchen, sind wir nach oben gelaufen und haben uns von Camilla einfangen lassen wie die Karnickel …«

»Das ist doch jetzt auch egal«, seufzte Lilli müde. »Wir sitzen hier fest, und ich wüsste nicht, wie wir aus diesem Loch wieder herauskommen sollten. Außerdem …«

»Wenn's weiter nichts ist«, unterbrach Theodül das Mädchen. »Nachdem Camilla mich hier unten eingesperrt hatte, habe ich lange Zeit nach einem Fluchtweg gesucht. Nun, ich habe ihn auch gefunden: In der hintersten Ecke meines Verlieses, wo die Mauern schon ganz brüchig sind, habe ich ein Loch in die Wand gegraben. Es ist so dunkel hier drinnen, dass es nie jemandem aufgefallen ist! Außerdem trauen sich die Soldaten ohnehin nicht herein, weil sie sich vor mir fürchten.«

Der Drache lächelte vielsagend und fuhr dann fort: »Ich bin schon so manches Mal im Kellergeschoss der Burg unterwegs gewesen, ohne dass die Wächter es je bemerkt hätten. Mein Gedächtnis ist leider etwas eingerostet, aber ich bin sicher, dass es mir gelingen wird, den Weg hinunter zum See wiederzufinden ...«

Außer sich vor Freude klatschte Franka in die Hände und sprang im Kreis herum: »Bravo, Theodül! Sie sind unschlagbar! Dank Ihnen werden wir es doch noch schaffen!«

Auch Lilli jubelte und wäre dem Drachen am liebsten um den Hals gefallen.

Selbst Theodül strahlte. Eine vage Erinnerung aus fernen Zeiten schien sein Herz zu erfassen: Er hatte trotz allem noch nicht vergessen, wie es sich anfühlte, glücklich zu sein.

Nachdem sich die Mädchen wieder beruhigt hatten, fragte Lilli neugierig: »Aber etwas müssen Sie mir noch erklären, Theodül! Warum haben Sie eigentlich nie versucht, von der Schwarzen Insel zu fliehen, obwohl Sie den Kerker doch jederzeit verlassen konnten?«

Die Miene des Drachen verdüsterte sich.

»Ich habe mich zu sehr geschämt, nach Schwefelstein zurückzukehren. Ich konnte doch meinen Freunden nicht mehr unter die Augen treten. Schließlich bin ich schuld an dem ganzen Unglück. Ich hatte Angst, sie würden nichts mehr mit mir zu tun haben wollen. Also habe ich es vorgezogen, sie in dem Glauben zu lassen, ich sei tot … Aber wenn ich euch jetzt helfe, könnte es vielleicht sein, dass sie mir verzeihen!«

In Theodüls Augen glomm ein schwacher Hoffnungsschimmer auf. »Kommt, Kinder, klettert auf meinen Rücken, ich werde euch tragen! Hier gibt es allerlei Getier, mit dem ihr besser nicht in Berührung kommen solltet.«

»Schon passiert!«, murmelte Franka und verzog angeekelt das Gesicht.

Sobald die Mädchen auf dem Rücken ihres neuen Freundes Platz genommen hatten, blähte dieser seine Nüstern und ließ noch größere Flammen hervorzüngeln, um das Verlies zu erleuchten. Nun sah Lilli die fetten Ratten, die sich am Boden tummelten. Sie schauderte bei dem Gedanken, dass diese scheußlichen Biester sie zuvor gestreift hatten.

Der Kerker war riesengroß und schrecklich verdreckt. In einer Ecke lag ein völlig verschimmelter Strohsack, der Theodül wohl einst als Schlafstätte gedient haben musste. Überall lagen verfaulte Essensreste herum, die einen unerträglichen Gestank verbreiteten. Franka und Lilli hielten sich die Nase zu und rangen nach Luft. Endlich gelangten sie an eine Mauer aus völlig verwitterten Steinen. Eine löchrige und vor Schmutz starrende Decke war quer über die

Wand gespannt. Theodül zog sie zur Seite und betrat einen langen, schlauchartigen Tunnel, der kaum größer war als er selbst.

Die Mädchen duckten sich, so gut es ging, um sich nicht die Köpfe an der niedrigen Decke zu stoßen. Der Tunnel schien kein Ende nehmen zu wollen, und Lilli fragte sich, wie viel Zeit der Drache wohl benötigt hatte, um ihn zu graben.

Endlich gelangten sie in einen baufälligen Gang. Stümpfe von uralten Fackeln an den Wänden ließen darauf schließen, dass schon lange niemand mehr diesen Teil der Burg betreten hatte. Theodül blieb stehen und dachte angestrengt nach.

»Hm, wo war jetzt gleich noch mal dieser See?«, überlegte er laut. »Wenn ich mich recht erinnere, müssen wir noch weiter hinabsteigen. Es gibt eine Treppe, die nach unten führt.«

Langsam trottete er weiter. Ab und zu ließ er eine gewaltige Flamme aus seinen Nüstern aufsteigen, um den düsteren Gang ein wenig zu erhellen.

Es kam den Mädchen vor, als wären sie bereits eine Ewigkeit durch immer neue Gänge geirrt. Sie hatten längst jede Orientierung verloren, als Theodül endlich an einer morschen Holztreppe ankam, die noch weiter in die Tiefe hinabführte.

Lilli versuchte sich die Ausmaße der Festung vorzustellen. Wie tief sollte das eigentlich noch hinuntergehen? Sie spürte, dass sie allmählich Platzangst bekam, und bemühte sich, nicht in Panik zu geraten. Theodül betrat die wacklige Treppe und stieg schwerfällig eine Stufe nach der anderen hinunter. Sie waren schon fast unten angekommen, als plötzlich eine morsche Diele unter dem Gewicht des Drachen nachgab. Theodül geriet ins Straucheln, verlor das Gleichgewicht, und die beiden Mädchen wurden kopfüber in die Tiefe geschleudert.

Lilli flog in hohem Bogen durch die Luft und landete bäuchlings auf dem staubigen Boden. Sie wagte zunächst nicht, sich zu rühren, und fürchtete, sich etwas gebrochen zu haben. Endlich hob sie den Kopf und sah sich suchend nach den anderen um.

»Franka? Theodül? Alles in Ordnung bei euch?«

»Autsch, ojemine!«, hörte sie Franka jammern. »Mir tut alles weh!«

»Hilfe, ich stecke fest!«, rief Theodül kläglich und ließ eine Stichflamme über dem Treppenhaus aufleuchten.

Lilli rappelte sich auf. Sie war noch etwas benommen, hatte sich aber glücklicherweise nichts gebrochen. Außer ein paar Schrammen und blauen Flecken war sie unverletzt. Nachdem sie Franka in der Nähe erspäht hatte, lief sie zu ihr und half ihr auf.

»Alles in Ordnung?«, fragte sie mitfühlend.

»Geht schon«, erwiderte Franka tapfer und tastete vorsichtig ihre Rippen ab. Sie hatte eine Schramme auf der Stirn und eine Beule am Kopf.

»Uff! Das ist wohl noch mal gut gegangen! Aber was ist mit Theodül?«

Rasch liefen die Mädchen zu der Stelle, wo der Drache

eingebrochen war. Die Treppe hatte unter seinem Gewicht nachgegeben, und er steckte bis zum Rumpf zwischen den geborstenen Holzstücken fest.

»Ich bin eingeklemmt«, schnaubte er verzweifelt.

»Keine Angst, wir helfen Ihnen gleich!«

Lilli packte Theodüls linken Arm, und Franka ergriff den rechten. Gemeinsam zerrten und zogen sie mit ganzer Kraft, aber der Drache bewegte sich keinen Millimeter von der Stelle.

»So geht das nicht!«, keuchte Franka.

»Wir müssen eine andere Lösung finden!« Lilli schaute sich suchend um. »Wenn wir ihn nicht herausziehen können, müssen wir eben versuchen, ihn auf andere Art freizubekommen.«

Sie begann auf dem unteren Teil der wurmstichigen Stufen herumzuspringen. Franka tat es ihr gleich. Nach einer Weile knirschte und knackte es im altersschwachen Gebälk, und schließlich brach die restliche Treppe mit großem Getöse unter dem Drachen zusammen. Die Mädchen purzelten übereinander und landeten erneut im Staub. Theodül, der wieder frei war, wühlte sich unter dem Bretterhaufen hervor und keuchte: »Alles in Ordnung bei euch?«

Lilli rieb sich ihren schmerzenden Kopf. Die Brille hing schief auf ihrer Nase, und das eine Glas hatte einen Sprung. Außerdem hatte sie eine Beule am Hinterkopf und eine blutige Schramme am Arm. Sie setzte sich auf den Hosenboden und sagte: »Keine Sorge, ich bin okay.«

Franka, die über und über mit Staub bedeckt war, fluchte leise und murmelte dann: »Geht schon wieder!« Sie blutete leicht an der Schläfe, und ihre Zöpfe standen senkrecht vom Kopf ab wie Igelstacheln. Nur Theodül hatte dank seines Panzers nicht einmal eine Schramme abbekommen.

»Wie sollen wir denn jetzt wieder hier rauskommen?«, fragte Lilli mit Blick auf die geborstenen Reste der Treppe.

»Oh, das ist kein Problem«, schnaubte Theodül. »Es gibt mehrere Wege, die von der Burg zum See hinunterführen.«

Nachdem sie sich aufgerappelt und notdürftig gesäubert hatten, kletterten Lilli und Franka wieder auf den Drachenrücken. Dann setzte die kleine Gruppe ihren Weg fort. Ein finsterer Gang folgte dem nächsten, ab und zu landeten sie auch in einer Sackgasse und mussten kehrtmachen. Nach einer Weile hatten die Mädchen das ungute Gefühl, ständig im Kreis zu laufen. Offensichtlich hatte sich Theodül heillos in diesem Labyrinth verirrt.

Doch der Drache ließ sich nicht beirren und marschierte immer weiter, bis sie endlich an ein riesiges Portal kamen, das mit bunt schillernden Fischmotiven verziert war. Im oberen Teil befand sich ein halbmondförmiges Relief, in dessen Mitte ein goldener Schriftzug prangte.

»Wir sind da«, verkündete Theodül zufrieden.

Lilli und Franka atmeten hörbar auf. Noch war nicht alles verloren!

»Was bedeuten diese Schriftzeichen, Theodül?«, fragte Franka neugierig.

Der Drache rückte seine Brille zurecht und kniff die Augen zusammen: »Hmm, lasst mich mal sehen! ›Wird die Wahrheit laut verkündet, so verwandelt sich das Wasser ...‹ Das ergibt keinen Sinn, offenbar fehlt das Ende des Satzes ...«

»Darüber können wir später noch nachdenken. Wir müssen uns beeilen!«, unterbrach Lilli ihn ungeduldig.

Theodül stemmte sich gegen die beiden Torflügel, die geräuschlos aufschwangen. Auch hier war es stockdunkel, ganz in der Nähe hörte man Wasser plätschern.

Theodül ließ zwei gewaltige Flammen auflodern. Jetzt erkannten sie auf der linken Seite eine kleine Holzhütte. Ohne zu zögern, schritt der Drache darauf zu. Unter seinen Krallen knirschte der Sand.

»Hier sind wir richtig«, bekräftigte Theodül. »Der See ist von feinem goldgelbem Sand umgeben. Etwas weiter unten muss das Wasser sein.«

»Und wozu dient die Hütte?«, fragte Franka.

»Das weiß ich auch nicht. Als ich das letzte Mal hier war, ist sie mir nicht aufgefallen«, erwiderte er und zuckte mit den Schultern, sodass die beiden Mädchen auf seinem Rücken einen Satz machten.

»Schauen wir doch einfach nach!«, schlug Lilli vor. »Man weiß ja nie, vielleicht gibt es eine Schatztruhe oder so was Ähnliches, in der Camilla die Zauberflöte versteckt hat.«

Lilli und Franka glitten vom Rücken des Drachen herab

und betraten das Häuschen. Es war spartanisch eingerichtet, aber zur Not würde man es darin durchaus eine Weile aushalten können. Alles war ordentlich und blitzsauber.

Es gab ein Schlafzimmer mit einem Tisch und zwei Betten, ein kleines Bad und eine Küche mit einem gusseisernen Ofen an einer Wand. Im Wohnzimmer befand sich ein zweiter Ofen, vor dem zwei Sessel und ein kleines Tischchen standen. Zur Einrichtung gehörte außerdem eine hohe Standuhr aus Ebenholz, deren Pendel gleichmäßig hin- und herschwangen. Sie zeigte eine Viertelstunde vor Mitternacht an.

»Meinst du, die Uhr geht richtig?«, fragte Franka.

»Keine Ahnung«, erwiderte Lilli, die jegliches Zeitgefühl verloren hatte.

»Wenn die Uhrzeit stimmt, ist es ja kein Wunder, dass ich so schrecklich müde bin«, witzelte Franka. »Normalerweise schlafe ich um diese Zeit!«

»Ich wüsste nur zu gerne, wer hier wohnt«, murmelte Lilli und kratzte sich nachdenklich am Kinn.

Gemeinsam machten sich die Mädchen daran, die Hütte nach der Flöte zu durchsuchen, aber ohne Erfolg. Enttäuscht ließen sie sich neben Theodül, der draußen gewartet hatte, in den Sand fallen.

»Ich habe euch ja gesagt, dass sie immer noch auf dem Grunde des Sees liegen muss«, bekräftigte der Drache.

»Aber wie sollen wir sie denn dort finden? Es ist stockfinster, und abgesehen davon haben wir kein Boot«, gab Lilli zu bedenken.

»In der Hütte sind ein paar Fackeln, und aus dem Küchentisch könnten wir ein Floß bauen«, schlug Franka vor.

Lilli lächelte anerkennend: »Franka, du bist genial! Ich bin so froh, dass du mitgekommen bist! Du hast immer so gute Ideen! Ohne dich wäre ich in dem Kerker bestimmt vor Angst gestorben.«

Franka strahlte und wurde fast ein wenig rot.

Binnen weniger Minuten war alles für die Expedition vorbereitet: Die Mädchen hatten den Tisch zum Wasser geschleppt und umgedreht. Theodül hatte ihnen geholfen, vier Fackeln mithilfe einer Schnur, die sie in der Hütte gefunden hatten, an den Tischbeinen festzubinden. Außerdem lagerten noch einige Reservefackeln auf dem Boden ihres improvisierten Bootes.

Lilli und Franka betrachteten ihr Werk und sahen sich ein wenig unsicher an: Der Schein der Fackeln war sicher nicht hell genug, um den Grund des Sees zu erleuchten. Falls die Flöte tatsächlich noch dort liegen sollte, würden sie sie kaum entdecken können. Außerdem war die Fläche, die sie absuchen mussten, riesengroß. Aber getreu dem Motto »Wer nicht wagt, der nicht gewinnt« waren sie entschlossen, das Unmögliche zu versuchen!

Nachdem der Drache die Fackeln angezündet hatte, kletterten die Mädchen in ihr Floß, und Theodül schob das seltsame Gefährt ins Wasser.

Franka hatte die Aufgabe übernommen, die Wasseroberfläche abzusuchen, während Lilli eine abgebrochene Stuhllehne als Ruder benutzte, um das Floß auf den See hinauszusteuern.

»Viel Glück, ihr beiden!«, rief Theodül und winkte ihnen nach, während sie sich immer weiter vom Ufer entfernten. »Ich werde hier auf euch warten. Wenn ihr Hilfe braucht, ruft mich einfach!«

Franka und Lilli winkten dem Drachen so lange zum Abschied, bis ihn die Dunkelheit verschluckt hatte.

Einige Minuten lang war nur das regelmäßige Plätschern des Ruders im Wasser zu hören. Lilli wandte sich zu Franka um, die auf dem Bauch lag und angestrengt ins Wasser starrte, das Gesicht nur wenige Millimeter über der spiegelglatten Oberfläche: »Und, siehst du was?«

»Nein, leider nicht«, erwiderte das Mädchen, ohne seine Stellung zu verändern. »Nur Wasser.«

Lilli tauchte ihr Ruder mit rhythmischen Bewegungen ins Wasser. Die Finsternis, die sie umgab, die endlose schwarze Wasserfläche und das ziellose Umherpaddeln ermüdeten sie zusehends.

Nach einiger Zeit richtete sich Franka auf und sagte stirnrunzelnd: »Das ist ja merkwürdig!«

Lilli hörte auf zu rudern: »Was denn?«

»Es gibt hier unglaublich viele bunte Fische!«, gab Franka nachdenklich zurück.

»Bunte Fische?«, fragte Lilli ungläubig.

»Ja! Und Korallen, Muscheln, Algen und so'n Zeugs!«

»Das ist wirklich seltsam«, wunderte sich Lilli. »Wie können sie denn in dieser Dunkelheit überleben? Es gibt zwar bestimmte Fischarten, die tief unten im Meer leben, wo gar kein Licht hinkommt. Darüber hab ich mal einen Film gesehen. Doch diese Fische sind ganz weiß, oder sogar fast durchsichtig.«

»Aber die hier sind alle ganz bunt. Ich schwör's dir! Das Licht der Fackeln hat sie angezogen, und sie schwimmen um unser Floß herum«, beharrte Franka, die ihren Beobachtungsposten inzwischen wieder eingenommen hatte.

Lilli legte ihr Ruder beiseite und beugte sich über die Wasseroberfläche.

»Aber, das würde doch bedeuten, dass ...«, überlegte sie laut.

»... dass sie Licht haben!«, vollendete Franka den Satz und biss sich vor Aufregung auf die Lippen.

»Aber wie ist das möglich?«, grübelte Lilli. Sie kniete in der Mitte des Floßes und kratzte sich am Kopf.

»Vielleicht gibt es ja irgendwo einen Lichtschalter?«, witzelte Franka, doch Lilli reagierte nicht.

Sie dachte angestrengt nach und versuchte sich an jedes noch so kleine Detail in der Hütte zu erinnern. Bestimmt hatten sie dort etwas übersehen ... Plötzlich schoss ihr eine verrückte Idee durch den Kopf. Sie fuhr so heftig hoch, dass das Floß fast gekentert wäre.

»Mensch, Franka, ich glaub, ich hab's! Es klingt zwar ziemlich verrückt, aber schließlich haben andere vor uns auch schon eine verzauberte Welt in einem Kleiderschrank gefunden!«

Dann hielt sie die Hände wie einen Trichter an den Mund und rief laut: »Theodül, können Sie mich hören?«

Alles blieb still. Vielleicht waren sie doch schon zu weit vom Ufer entfernt. Aber eigentlich konnte es daran nicht liegen, denn der Drache war ja nicht taub!

»Theodül«, schrie Lilli aus Leibeskräften und klammerte sich dabei an eines der Tischbeine. »Wir brauchen Ihre Hilfe! Könnten Sie bitte in die Hütte zurückgehen und die Uhr auf acht Uhr morgens umstellen? Danke schön!«

»Glaubst du, er hat dich gehört?« Franka blickte sie zweifelnd an.

»Wir werden es gleich sehen! Wahrscheinlich sind wir einfach zu weit weg und können ihn deshalb nicht hören«, erwiderte Lilli gespannt.

Kaum hatte sie den Satz beendet, begann sich in der Ferne plötzlich ein schmaler, orangeroter Streifen abzuzeichnen. Und im nächsten Augenblick ging am anderen Ende des Sees die Sonne auf. Es war ein strahlend schöner Tag, am blauen Himmel über ihnen war kein Wölkchen zu sehen. Der riesige See schimmerte golden im gleißenden Sonnenlicht.

»Lilli, woher hast du das gewusst?«, stammelte Franka überwältigt. Und dann prustete sie plötzlich los: »Diese Camilla ist wirklich vollkommen irre! Bestimmt kommt sie zum Sonnenbaden hierher.«

Jetzt musste auch Lilli lachen. Sie stellte sich vor, wie die Zauberin hochnäsig durch das klare Wasser schwamm und sich in der Sonne aalte.

Die Mädchen waren völlig geblendet von dem grellen Licht und all den bunten Farben. Franka tauchte eine Hand ins Wasser und rief erstaunt: »Lilli, es ist ganz warm! Am liebsten würd' ich reinspringen. Wenn wir Camilla besiegt haben, müssen wir unbedingt zurückkommen und unsere Badesachen mitbringen!«

»Du hast wohl schon einen Sonnenstich!«, kicherte Lilli. Dann klatschte sie in die Hände und sagte triumphierend: »Aber die Sonne kommt wirklich wie gerufen! Das erleichtert uns die Suche natürlich ungemein!«

Die Mädchen nahmen ihre Positionen auf dem Floß wieder ein, und Lilli machte sich mit neuem Elan ans Rudern.

Das Floß glitt gemächlich auf dem unbewegten See dahin. Franka lag auf dem Bauch, ließ lässig ihre Hand ins Wasser hängen und beobachtete aufmerksam das Treiben der bunten Fische, die um das Floß herumschwammen. Das Wasser war so klar, dass sie bis auf den Grund hinabsehen konnten. Von der Flöte war jedoch weit und breit nichts zu sehen.

Lilli ruderte derweil tapfer weiter. Es war so heiß, dass ihr schon Schweißperlen auf der Stirn standen.

»Soll ich dich mal ablösen?«, fragte Franka mitleidig, als sie Lillis krebsrotes Gesicht sah.

»Ja, gerne!«, schnaufte diese und wischte sich die Stirn mit dem Ärmel ab. »Was für eine Hitze!«

Sie nahm Frankas Platz ein, während diese sich ans Ruder setzte.

Die Zeit verging, aber außer Fischen und Korallen in allen nur erdenklichen Farben konnte Lilli nichts entdecken, was einer Flöte auch nur im Entferntesten geähnelt hätte. Dieser verdammte See war einfach zu groß. Allmählich verlor sie die Geduld.

»Wir müssen uns was anderes überlegen, Franka. So dauert es viel zu lange. Wir werden zu spät kommen!«

»Das fürchte ich auch«, erwiderte ihre Freundin betrübt. »Aber was sollen wir denn tun? Hier ist ja niemand, der uns helfen könnte.«

Aus Spaß legte sie die Hände wie einen Trichter an den Mund und rief: »Hallo! Ist da jemand? Wir suchen eine Flöte, die den Drachen ihr Gehör wiedergibt. Kann uns vielleicht jemand helfen?«

Dann wandte sie sich grinsend zu Lilli um und sagte: »Hier fehlt auf jeden Fall ein Infostand für Touristen!«

Lilli kicherte über Frankas Scherz, doch im nächsten Moment erstarrte sie, denn hinter ihrer Freundin erhob sich plötzlich ein gewaltiger Strudel aus dem Wasser, der sich immer höher in die Luft hinaufschraubte.

»Franka! Pass auf, hinter dir!«, brüllte Lilli entsetzt.

Franka drehte sich um und schrie gellend auf, als sie den riesigen Wasserstrudel erblickte, der sie zu verschlingen drohte. Das Floß begann gefährlich hin und her zu schlingern, und die Mädchen klammerten sich voller Angst jede an ein Tischbein. Der Strudel kam immer näher und zog gefährlich dicht am Floß vorbei. Lilli bekam dabei einen Schwall Wasser ins Gesicht.

Frankas Augen waren vor Schreck weit aufgerissen. Doch obwohl der Wasserwirbel nun genau auf sie zusteuerte, rührte sie sich nicht von der Stelle.

Lilli keuchte voller Panik: »Franka, pass auf, geh zur Seite!«

Aber diese schien wie gelähmt zu sein. Im nächsten Moment wurde sie auch schon von dem Wirbel ergriffen und verschwand in den gurgelnden Wassermassen.

»Frankaaaaa! Frankaaaaa!«

Lilli rief voller Entsetzen wieder und wieder den Namen ihrer Freundin. Sie war kreidebleich geworden und beobachtete zitternd den brausenden Strudel, der sich jetzt immer schneller auf der Stelle drehte und das Floß fast zum Kentern brachte.

Das Mädchen nahm all seinen Mut zusammen, ballte die Faust und holte tief Luft. Doch gerade als es hinterherspringen und die Freundin aus den Fluten retten wollte, fiel der Wasserstrudel plötzlich in sich zusammen. Franka tauchte wieder auf und wurde von einer Welle aufs Floß zurückgespült. Sie war völlig durchnässt und spuckte einen Schwall Wasser über Bord.

»Was … was war das?«, japste sie.

Lilli stürzte auf die Freundin zu und drückte sie fest an sich: »Oh, Franka, ich hatte solche Angst!«

»Ich auch!«, keuchte Franka und strich sich die nassen Haare aus dem Gesicht. »Ich dachte, ich würde sterben!«

Doch die beiden Mädchen waren noch nicht gerettet. Auf einmal war wieder ein Rauschen zu hören, und schon erschien ein neuer Wirbel an der Wasseroberfläche, der sich unaufhaltsam dem kleinen Floß näherte.

»Oh nein!«, stöhnte Franka entsetzt. »Nicht schon wieder …«

Dieses Mal jedoch bewahrte Lilli einen kühlen Kopf. Sie packte das Ruder und begann wie wild zu paddeln, um von dem Strudel wegzukommen. Doch der schien sie zu verfolgen.

»Schneller, Lilli!«, brüllte Franka, die die gurgelnden Wassermassen immer näher kommen sah.

Doch es gab kein Entrinnen. Nach wenigen Sekunden hatte der Wasserstrudel das Floß erreicht. Lilli ließ das Ruder fallen und stellte sich mit ausgebreiteten Armen schützend vor Franka.

»Lass uns in Ruhe!«, schrie sie wütend. »Was soll das? Hat Camilla dich geschickt?«

Der Wasserwirbel schraubte sich direkt vor ihnen immer höher in die Luft. Franka fürchtete, erneut verschluckt zu werden, und klammerte sich voller Panik an ihre Freundin. In diesem Augenblick blieb der Strudel genau über dem Floß stehen, drehte sich dabei immer schneller um sich selbst und begann seine Form zu verändern. Auf einmal sah er aus wie ein länglicher Stab, wurde dann immer kleiner und verschwand schließlich ganz.

Die Mädchen hatten das seltsame Schauspiel staunend beobachtet. Sie starrten immer noch in die Luft, als plötzlich zu ihren Füßen ein dumpfes Geräusch ertönte, das sich anhörte, als wäre ein Gegenstand heruntergefallen: »Klong«.

Auf dem Boden des Floßes lag eine Flöte aus wunderschönem weißem Holz. Bei näherem Hinsehen konnte man eine feine bläuliche Maserung erkennen, die an Lichtreflexe auf dem Wasser erinnerte.

»Die Flöte!«, flüsterte Franka verblüfft.

»Aber wo kommt sie denn auf einmal her?«, fragte Lilli ungläubig und hob das zerbrechlich wirkende Instrument auf, um es näher zu betrachten. Sie drehte es in alle Richtungen, als wolle sie sichergehen, dass es echt war. Abgesehen davon, dass diese Flöte besonders filigran gearbeitet war, konnte Lilli keine Besonderheiten erkennen. Es gab wie üblich sieben Grifflöcher auf der Vorderseite und eines auf der Rückseite für den Daumen.

»Ich weiß es, ich hab's kapiert!«, rief Franka auf einmal und schnalzte mit der Zunge.

»Erinnerst du dich an die seltsamen Schriftzeichen über dem Eingangstor? ›Wird die Wahrheit laut verkündet, so wandelt sich das Wasser …‹ Ich habe doch um Hilfe gerufen und gesagt, dass wir die Drachen retten wollen! Ich glaube, in dem ersten Wirbel, der mich mitgerissen hat, wurde geprüft, ob ich auch wirklich nicht gelogen habe. Und der zweite Wirbel hat uns dann die Zauberflöte gebracht. Das Wasser hat sich tatsächlich verwandelt!«

Franka streckte sich und gähnte herzhaft. »Uff, ich bin völlig erledigt!«

Lilli betrachtete immer noch die Flöte. Dann setzte sie sie an die Lippen und blies hinein. Der Ton war klar wie Kristall, rein wie das Plätschern eines Gebirgsbaches und warm wie die Sonnenstrahlen. Er glitt über die Wasseroberfläche des Sees und verklang allmählich in der Ferne.

»Wie schön das klingt!«, murmelte Franka verträumt.

»Franka, du hast die Zauberflöte gefunden!«, rief Lilli glücklich. »Jetzt können wir endlich die Drachen retten. Das ist zu schön, um wahr zu sein! Komm, wir müssen sofort zurück zu Theodül.«

»Nicht nötig!«, ertönte da plötzlich eine Stimme direkt über ihren Köpfen. Der alte Drache flatterte dort mit sichtlicher Anstrengung hin und her und strahlte sie glücklich an: »Ich habe den Ton der Zauberflöte gehört! Auf einmal haben sich meine Flügel wie von selbst ausgebreitet, und ich konnte wieder fliegen. Das habe ich schon seit Jahrhunderten nicht mehr geschafft. Was für ein Glück! Ich bin gekommen, um euch abzuholen, Kinder! Wir sollten keine Zeit verlieren und sofort aufbrechen!«

12 Kapitel

Die Große Schlacht

Nachdem Lilli und Franka auf Theodüls Rücken geklettert waren, machten sie sich unverzüglich auf den Weg. Der Drache fühlte sich um Jahrhunderte verjüngt und pfiff beschwingt vor sich hin, während er die Mädchen durch das düstere Labyrinth führte. Unterwegs begegnete ihnen niemand. Endlich gelangten sie in den Burghof, der völlig verlassen war. Überall lagen Gegenstände verstreut. Die Drachen und alle Soldaten waren fort. Offenbar war Camilla mit ihren Truppen in großer Eile aufgebrochen und hatte die Festung ungeschützt zurückgelassen.

Sie fanden Gedeon an derselben Stelle, an der sie ihn verlassen hatten. Er lag vor der kleinen Pforte, durch die sie in die Burg gelangt waren, und schnarchte friedlich vor sich hin. Glücklicherweise hatten ihn die feindlichen Truppen nicht entdeckt. Lilli trat an den Drachen heran, zog die Flöte hervor und ließ einige Töne erklingen. Gleich würden sie wissen, ob der Zauber tatsächlich funktionierte …

Beim Klang der kristallklaren Töne begann der Drache von Kopf bis Fuß heftig zu zittern. Der schwarze Panzer, der ihn umgab, bekam immer mehr Risse, barst schließlich auseinander und zerfiel zu Staub. Der Drache schüttelte sich und blinzelte benommen. Dann sah er sich um und bemerkte die Mädchen.

»Lilli? Was tun wir denn auf der Schwarzen Insel? Was ist passiert?«

»Hurra, es klappt!«, jubelte das Mädchen und fiel ihrem Freund um den Hals. »Das ist ja wunderbar! Die Flöte funktioniert tatsächlich! Darf ich vorstellen, das hier ist meine Freundin Franka, sie hat mir geholfen, das Große Buch von Zaratozzino zu finden!«

Gedeon reichte Franka zur Begrüßung die Pranke.

»Alles Weitere erzähle ich dir unterwegs, Gedeon! Wir müssen uns beeilen und die anderen Drachen befreien! Aristobül wartet in der Nähe, er wird sich schrecklich freuen, dich gesund wiederzusehen! Lass mich schnell auf deinen Rücken steigen! Franka, kannst du bitte mit Theodül fliegen?«

»Theodül?«, fragte Gedeon und starrte den alten Drachen, den er erst jetzt bemerkt hatte, verwirrt an. »Aber das kann doch nicht sein! Theodül ist schon lange tot!«

»Bitte, Gedeon, wir dürfen keine Zeit verlieren!«, drängte Lilli. »Camillas Armee ist auf dem Weg zur Erde. Ich erklär dir alles unterwegs.«

Noch etwas benommen schwang sich Gedeon mit Lilli auf dem Rücken in die Lüfte. Theodül und Franka folgten ihnen. Das Drachenabwehrsystem war offenbar abgeschaltet worden. Camilla schien sich in völliger Sicherheit zu wiegen. Am wolkenlosen Himmel über der Schwarzen Insel ging langsam die Sonne auf.

Die beiden Drachen kreisten in der Luft und hielten Ausschau nach Aristobül, von dem jedoch weit und breit nichts zu sehen war. Lilli und Franka riefen, so laut sie konnten, nach ihrem Freund, doch der blieb verschwunden, obwohl sie abgemacht hatten, dass er sich in der Nähe bereithalten und auf ihre Rückkehr warten sollte.

»Seltsam, Aristobül ist doch sonst immer so zuverlässig! Wo steckt er denn bloß?«, murmelte Lilli. Auf einmal hatte sie einen schrecklichen Verdacht.

»Ja, du hast Recht«, erwiderte Gedeon. »Ich wage kaum daran zu denken, aber vielleicht ist er Camilla in die Hände gefallen, als sie mit ihrer Armee aufgebrochen ist …«

»Oh nein, das darf nicht sein«, flüsterte Lilli. Sie hatte einen dicken Kloß im Hals und kämpfte mit den Tränen. Doch dann biss sie die Zähne zusammen und ballte entschlossen die Fäuste. Immerhin hatte sie jetzt die Zauberflöte und konnte ihren Freund und die anderen Drachen befreien!

»Wir müssen aufbrechen, wenn wir Camillas Armee noch einholen wollen! Sie hat schon einen mächtigen Vorsprung«, rief Lilli den Drachen zu. Sie stiegen noch höher in die Lüfte hinauf und machten sie sich gemeinsam auf den Weg Richtung Erde.

Aristobül war es inzwischen tatsächlich schlecht ergangen. Nachdem er das Zauberbuch von Zaratozzino an einem sicheren Ort in Schwefelstein versteckt hatte, war er zur Schwarzen Insel zurückgeflogen.

Eine ganze Weile zog er dort in sicherem Abstand seine Kreise und wartete auf Gedeon und die Mädchen. Die dunklen Wolkenmassen verdeckten die Sicht, sodass er nicht erkennen konnte, was auf der Insel vor sich ging. Die Zeit verstrich, ohne dass etwas geschah.

Allmählich wurde der Drache unruhig. Er dachte daran, dass er die Hilferufe der Mädchen beim letzten Mal, als sie Vindini in die Falle gegangen waren, auch nicht hatte hören können. Hoffentlich war ihnen nichts zugestoßen! Vor seinem geistigen Auge sah er Franka und Lilli schluchzend in Camillas Kerker sitzen und um Hilfe rufen. Dabei ahnte er noch nicht einmal, wie nah diese schreckliche Vorstellung der Wahrheit kam!

Schließlich ertrug er die Ungewissheit nicht länger und hielt im Sturzflug auf die Burg zu, wild entschlossen, den Mädchen zu Hilfe zu eilen.

Das Drachenabwehrsystem hatte allerdings nichts von seiner Wirksamkeit verloren. Wie beim letzten Mal, als er in der Nähe der Burg gewesen war, zuckten gewaltige Blitze um ihn her, und er hatte alle Mühe, seine empfindlichen Flügel davor zu schützen. Immer wieder wurde er von orkanartigen Böen erfasst und musste all seine Kräfte aufwenden, um nicht durch die Luft geschleudert zu werden.

Je näher er der Insel kam, desto heftiger tobte der Sturm.

Inzwischen war Alarm auf der Insel ausgelöst worden, und es dauerte nicht lange, bis zwei schwarze Drachen erschienen, die von Soldaten geritten wurden und direkt auf Aristobül zusteuerten. Da ihnen das Abwehrsystem nichts anhaben konnte, hatten sie ihn schnell erreicht. Er versuchte zu entkommen, hatte jedoch gegen die verzauberten Drachen keine Chance. Es war ein Leichtes für sie, den Eindringling zu überwältigen und in ihrem riesigen Netz auf die Schwarze Insel zu bringen. Aristobül wehrte sich tapfer, brüllte fürchterlich und wollte das Netz mit seinen Flammen versengen, aber all seine Mühe war umsonst.

Er wurde in den Burghof gezerrt, wo sich die verzauberten Drachen versammelt hatten und Camillas Befehle erwarteten. Als er seine Freunde in diesem traurigen Zustand erblickte, wurde er von tiefer Verzweiflung ergriffen.

Dann erschien Camilla. Sie trug einen goldglänzenden Pelzmantel, und ihre Augen funkelten böse. Die Zauberin beugte sich zu Aristobül hinunter und zischte: »Na so was! Da ist mir doch tatsächlich noch ein prächtiger Drache ins Netz gegangen ... Und ich dachte, ich hätte euch Trottel alle eingefangen. Du scheinst ein schlauer Bursche zu sein, da du mir bisher entkommen bist. Aber nun sitzt du in der Falle! Bestimmt wolltest du diesem störrischen Mädchen helfen, stimmt's?«

Sie lachte spöttisch. »Ihr Drachen seid ja so leicht zu durchschauen! Nun, mein Lieber, vielleicht hast du Lust, mein oberster General zu werden? Ich finde, du verdienst eine Belohnung!«

»Niemals! Ich werde Ihnen niemals dienen!«, schnaubte Aristobül zornig und versuchte mit aller Kraft, sich aus dem Netz zu befreien.

»Wirklich nicht?«, höhnte Camilla und zog die Brauen hoch. »Nun, wir werden sehen!«

Sie stieß ein paar seltsame Laute aus, und der Drache, der noch eben mit aller Macht versucht hatte, sich zu befreien, hielt mitten in der Bewegung inne. Seine Augen wurden glasig, und eine undurchdringliche schwarze Schicht begann seinen Schuppenpanzer zu überziehen. Wenige Sekunden später war er taub.

Die Mädchen waren schon ein gutes Stück vorangekommen, doch von Camillas Armee war immer noch nichts zu sehen. Lilli hatte Gedeon inzwischen von den Ereignissen der letzten Tage berichtet: von der Verzauberung der Drachen und von Camillas Plan, die Erde zu vernichten, von der Rückkehr Vindinis und von der Zauberflöte. Der Bürgermeister von Schwefelstein hatte im Laufe ihres Berichts zwischen unbändigem Zorn und Entsetzen geschwankt.

Beflügelt von der Aussicht, sich nun an der Zauberin rächen zu können, erhöhte er noch einmal das Tempo und ließ sich vom Aufwind davontragen. Es galt, die anderen Drachen einzuholen und zu befreien! Und natürlich konnte er es kaum erwarten, seine geliebte Mimibel endlich wieder in die Arme zu schließen.

Theodül bemühte sich zwar tapfer, Gedeons Tempo zu halten, aber es gelang ihm nicht und er fiel allmählich immer weiter hinter den jüngeren Drachen zurück.

Sie waren nun schon eine ganze Weile unterwegs. Lilli spürte, wie die Angst wieder in ihr hochkroch. Hoffentlich würden sie die Zauberin noch aufhalten können!

Plötzlich entdeckte sie in der Ferne ein paar winzige schwarze Punkte: Das musste die Nachhut von Camillas Armee sein!

»Da vorne sind sie!«, rief Lilli aufgeregt.

Die verzauberten Drachen bewegten sich in gleichmäßigem Tempo vorwärts. Sie kamen nicht so schnell voran wie Gedeon, der ganz alleine flog und von seinem eisernen Siegeswillen angetrieben wurde.

Als sie näher herangekommen waren und Lilli die unzähligen schwarzen Drachen vor sich sah, verließ sie einen Moment lang der Mut. Mit zittrigen Fingern tastete sie nach der Zauberflöte in ihrer Hosentasche, die sich glatt und warm anfühlte. Wie war sie nur auf die verrückte Idee gekommen, mit diesem winzigen Instrument eine ganze Armee besiegen zu wollen? Ihr Herz zog sich zusammen, und sie wünschte sich weit weg.

Doch jetzt gab es kein Zurück mehr! Gedeon steuerte unaufhaltsam auf die verzauberten Drachen zu und hatte sie schon fast eingeholt. Die Drachen, die in der hintersten

Reihe flogen, waren angeschirrt, hatten aber glücklicherweise keine Reiter, sodass sie versuchen wollte, diese zuerst zu befreien, bevor die Soldaten bemerkten, dass die Nachhut angegriffen wurde.

Sobald sie auf einer Höhe mit den Drachen waren, holte Lilli die Flöte hervor und spielte eine kleine Melodie. Doch die Töne wurden sofort vom Wind davongetragen und drangen nicht bis an die Drachenohren.

»Oh nein, es geht nicht!«, seufzte Gedeon verzweifelt. »Sie können die Musik nicht hören! Ein Jammer übrigens, du spielst nämlich sehr gut!«

»Ja, aber das nützt uns jetzt leider auch nichts«, erwiderte Lilli niedergeschlagen. »Schade, dass Zaratozzino uns keine Zaubertrompete hinterlassen hat!«

»Ich werde wohl noch dichter heranfliegen müssen!«, schnaubte Gedeon.

Er näherte sich einem einzelnen Drachen und Lilli setzte erneut die Flöte an die Lippen. Diesmal versuchte sie, etwas lauter zu spielen. Auf einmal fing der Drache an zu zittern, sein schwarzer Panzer zerbarst mit lautem Krachen und zerfiel in tausend kleine Staubkörnchen. Er war frei! Noch ganz benommen flog er weiter und schien nicht zu begreifen, was um ihn herum vor sich ging.

Leider hatte einer der Soldaten, der etwas weiter vorn auf einem gewaltigen schwarzen Drachen ritt, das Geräusch ebenfalls gehört und schlug sofort Alarm: »Achtung, wir werden angegriffen! Alarmiert die Herrin!«

Einer seiner Kameraden scherte sogleich aus der Reihe aus, um Camilla zu warnen. Lilli bemerkte verwundert, dass die anderen Soldaten weiterzogen, als sei nichts geschehen. Wahrscheinlich hatte die Zauberin ihnen eingeschärft, sich durch nichts aufhalten oder von ihrer Route abbringen zu lassen.

Gedeon flog jetzt so dicht unter den anderen Drachen her, dass Lilli fast von ihren Krallenfüßen gestreift wurde. Wieder zog sie die Flöte hervor und spielte, so laut sie konnte.

Immer mehr Drachen erwachten aus ihrer Erstarrung und schüttelten ihre schwarzen Panzer ab. Jedes Mal, wenn ein Drache erlöst worden war, stieß Gedeon einen Jubelschrei aus. Als Zebulon, der alte General der Drachenarmee, wieder frei war, sah er sich einen Moment lang verdutzt um. Doch gleich darauf schien er die Situation erfasst zu haben, denn er bäumte sich heftig auf, um den Soldaten auf seinem Rücken abzuwerfen, was ihm schließlich auch gelang.

Gedeon und Zebulon begrüßten einander kurz mit einem Prankendruck. Dann bat der Bürgermeister von Schwefelstein den General, die befreiten Drachen um sich zu versammeln und über die Lage zu informieren.

Lilli war es inzwischen gelungen, noch drei weitere Drachen zu erlösen, da drang auf einmal ein schriller Ruf an ihr Ohr – Camilla nahte!

Die Zauberin hatte sich vor der Schlacht offenbar noch

einmal umgezogen, denn sie trug nun einen feuerroten Pelzmantel mit einem farblich dazu passenden Hut. Sie thronte auf einem mächtigen Drachen, dessen goldener Sattel mit Diamanten eingefasst war. Entsetzt erkannte Lilli, dass es Aristobül war. Seine erloschenen Augen starrten ins Leere. Willenlos folgte er den Befehlen seiner dämonischen Gebieterin.

»Du wagst es, dich mir schon wieder in den Weg zu stellen, du lästige kleine Göre!«, schrie die Zauberin zornig. »Aber wenn du glaubst, du könntest mich mit deiner lächerlichen Flöte aufhalten, dann pass mal gut auf!«

Sie rief den Drachen, die Zebulon um sich versammelt hatte, einige seltsam klingende Laute zu. Sofort verdüsterte sich der Himmel um sie herum, und wenige Sekunden später waren die Drachen, die Lilli gerade erst erlöst hatte, erneut von einem schwarzen undurchdringlichen Panzer umschlossen. Alle, einschließlich Gedeon, waren nun wieder taub.

»Na, was sagst du nun?«, fragte Camilla triumphierend.

Statt zu antworten, setzte Lilli erneut die Flöte an die Lippen und spielte ein paar Töne, sodass die Drachen sogleich erwachten und ihre Panzer abschüttelten. Doch schon hatte Camilla wieder ihre Zauberformel gesprochen, und der ganze Spuk begann von neuem!

Die Zauberin verzog ihr schönes Gesicht zu einem grausamen Lächeln: »Dieses kleine Spiel ist sehr amüsant, nicht wahr? Aber ich habe jetzt keine Zeit für solche Kindereien!

Ich hoffe, du siehst endlich ein, dass du gegen mich nichts ausrichten kannst! Sei vernünftig und gib auf, sonst wirst du es bereuen!«

»Niemals!«, rief Lilli trotzig und spielte rasch ein paar Flötentöne, um Gedeon zu befreien. Diesmal unterbrach sie ihr Spiel jedoch nicht, sodass Camilla keine Chance hatte, den Drachen wieder in ihre Gewalt zu bringen. Auch gegen Lilli war sie machtlos, solange diese die Zaubertöne erklingen ließ. Das Mädchen trieb den Drachen an, und dieser flog wie der Blitz davon. Camilla, die ihnen mit Aristobül dicht auf den Fersen war, raste vor Wut und stieß fortwährend wilde Verwünschungen aus.

Lilli rang keuchend nach Luft, aber sie durfte jetzt auf keinen Fall aufhören zu spielen! Wo blieben denn bloß Franka und Theodül …

Die Zauberin hatte die Flüchtenden bald eingeholt und flog mit Aristobül genau über ihren Köpfen.

»Jetzt hab ich dich, du Verräterin!«, kreischte sie, und ihre Stimme überschlug sich fast.

Dann gab sie Aristobül einen knappen Befehl, und dieser griff Gedeon im Sturzflug an. Der Zusammenstoß war so heftig, dass Lilli über den Kopf des Drachen hinweg in die Luft geschleudert wurde. Sie schloss die Augen. Jetzt war alles verloren! Während sie in die Tiefe stürzte, wirbelten wirre Bilder durch ihren Kopf, und sie war kurz davor, ohnmächtig zu werden. In der Ferne hörte sie Camilla jubeln.

Plötzlich fand ihr freier Fall ein jähes Ende und sie wurde von zwei Klauen gepackt. Lilli blinzelte vorsichtig durch ihre halb geöffneten Lider und fing einen besorgten Blick von Gedeon auf. Sie stieß einen erleichterten Seufzer aus und murmelte dankbar: »Gedeon, du hast mir das Leben gerettet!«

»Denkst du, ich lass dich einfach abstürzen?!«, schnaubte der Drache. »Wie geht's dir? Ist alles in Ordnung?«

»Ich glaube schon.« Lilli schluckte und riskierte einen Blick in die Tiefe. Aber sogleich begann sich vor ihren Augen alles zu drehen, und ihr wurde ganz flau im Magen. Plötzlich bemerkte sie, dass sie immer noch die Flöte in der linken Hand hielt. Ihre Fingerknöchel traten weiß hervor, so fest hatte sie das Instrument umklammert. Sie hielt es Gedeon stolz vor die Nase und ließ es dann rasch in ihrer Hosentasche verschwinden.

»Was für ein Glück, dass du die Flöte noch hast!«, freute sich der Drache. »Ich dachte schon, sie wäre bei deinem Sturz verloren gegangen. Dann haben wir ja doch noch eine Chance, die anderen zu befreien! Aber diesmal müssen wir uns unbedingt eine andere Strategie überlegen …

Lilli lächelte gequält: »Ja, aber zuerst muss ich irgendwie wieder auf deinen Rücken kommen! Mir wird auf die Dauer ganz übel, wenn ich hier so zwischen Himmel und Erde hänge!«

Da schallte plötzlich aus der Ferne ein Ruf zu ihnen herüber: »Lilli, halt aus, ich komme!«

Es war Franka, die ungeduldig auf Theodüls Rücken hin und her rutschte. Ihr Gesicht glühte vor Aufregung, und sie gestikulierte wild mit den Armen. Der alte Drache hatte für die Strecke länger gebraucht als Gedeon, und Franka war vor Spannung fast gestorben. Doch jetzt hatten sie es endlich geschafft!

Bei der Aussicht, gleich sicher auf Theodüls Rücken zu sitzen, beruhigte sich Lillis Magen wieder ein wenig. Die Drachen hatten sich abgesprochen, und Theodül flog nun so dicht unter Gedeon, dass sich das Mädchen einfach auf seinen Rücken fallen lassen konnte. Lilli schloss die Augen. Auf das vereinbarte Zeichen hin ließ Gedeon sie los, und schon landete sie glücklich hinter Franka, die sich besorgt zu ihr umwandte: »Oh, Lilli, wir haben von Weitem gesehen, wie du abgestürzt bist! Ich hatte solche Angst um dich!«

»Ja, ich auch!«, gestand Lilli und schauderte.

»Und, klappt das mit der Zauberflöte?«, wollte Franka wissen.

»Im Prinzip schon, aber Camilla verzaubert die Drachen sofort wieder. Die Flöte ist zu leise, und ich kann immer nur wenige Drachen erlösen. Es dauert viel zu lang, bis alle frei sind, und Camilla ist zu schnell!«

»Warum schaust du nicht einfach in deinem Zauberhandbuch nach, das hat uns doch schon mal aus der Patsche geholfen«, schlug Franka eifrig vor.

»Stimmt!«, freute sich Lilli. »Wir haben ja noch das *Hand-*

buch für Anfängerhexen! Das hatte ich ganz vergessen!«

Sie zog das Büchlein aus ihrer hinteren Hosentasche. Es sah inzwischen ziemlich mitgenommen aus, und die Seiten waren von ihrem Ausflug auf dem See noch ganz feucht. Gespannt überflog Lilli das Inhaltsverzeichnis.

»Leider gibt es keinen Zauberspruch, mit dem man den Ton der Flöte verstärken könnte. Aber dafür steht hier eine Formel, mit der ich Camilla vielleicht aufhalten kann. Ich muss es auf jeden Fall versuchen!«

»Und ich?«, fragte Franka enttäuscht. »Was kann ich tun? Ich will auch mithelfen!«

Lilli hob bedauernd die Schultern und sagte: »Leider können wir nicht zu zweit auf der Flöte spielen.«

Da klatschte Franka plötzlich begeistert in die Hände: »Ich hab eine Idee! Du versuchst, Camilla aufzuhalten, und ich fliege mit Theodül inzwischen nach Hause und bringe etwas mit, das uns ganz bestimmt helfen wird, die Flötentöne zu verstärken!«

»Und was soll das für ein Wundermittel sein?«, fragte Lilli verblüfft.

»Lass dich überraschen!«, gab Franka augenzwinkernd zurück.

»Du kannst einen ganz schön auf die Folter spannen!«, erwiderte Lilli und schüttelte mit gespielter Entrüstung den Kopf. Dann wurde ihre Miene wieder ernst, und sie fuhr fort: »Aber bitte beeilt euch! Ich weiß nicht, wie lange ich Camilla aufhalten kann.«

Sie kratzte sich an der Stirn und sagte: »Und zuerst muss ich irgendwie wieder auf Gedeons Rücken kommen!«

»Wir machen es wie vorhin!«, schlug der Drache vor, der das Gespräch der Mädchen aufmerksam verfolgt hatte. »Ich fliege ganz dicht unter Theodül her, dann kannst du dich auf meinen Rücken fallen lassen.«

Lilli, die wenig Lust hatte, das waghalsige Kunststück noch einmal zu wiederholen, stieß einen Seufzer aus: »Also mir reicht ein Sturzflug für heute!«

Aber da es keine andere Möglichkeit gab, biss sie tapfer die Zähne zusammen. Sie hielt sich an Franka fest, schwang dann ein Bein über Theodüls Rücken und saß nun im Damensitz auf dem Drachen. Jetzt musste sie gleich springen! Was, wenn es nun schiefging und sie wieder in die Tiefe stürzen würde? Aber es half nichts, sie musste es wagen! Sie schloss die Augen, ließ sich fallen … und landete wohlbehalten auf Gedeons Rücken. Ihr Herz schlug bis zum Hals, und vor ihren Augen drehte sich alles.

»Bravo, du hast es geschafft!«, jubelte Franka. »Wir brechen jetzt auf, Theodül kann mittlerweile auch schon wieder viel schneller fliegen, wir sind bestimmt bald zurück! Viel Glück!«

Sie winkte Lilli zum Abschied und gleich darauf waren die beiden auch schon in den Wolken verschwunden.

»Auf in den Kampf!«, rief Lilli mutig. Das ließ sich der Drache nicht zweimal sagen. Unterwegs prägte sich das Mädchen die Zauberformel aus dem Handbuch ein und hoffte inständig, dass sie auch bei einer so mächtigen Zauberin wie Camilla wirken würde.

Als sie endlich die hintersten Reihen der Armee erreicht hatten, zog Lilli die Flöte hervor und begann, nach und nach wieder einige Drachen zu befreien. Es würde sicher nicht lange dauern, bis die Zauberin von ihren Soldaten alarmiert werden würde.

Lilli hatte den Gedanken kaum zu Ende gedacht, da schallte auch schon Camillas wütende Stimme durch die Luft: »Du lebst ja immer noch, du kleines Biest! Wie sagt man so schön: Unkraut vergeht nicht! Aber jetzt werde ich dir endgültig den Garaus machen!«

Sie hob den rechten Arm und wollte gerade die Formel sprechen, um die Drachen wieder in ihre Gewalt zu bekommen, aber Lilli kam ihr zuvor und schleuderte ihr, so laut sie konnte, den Zauberspruch entgegen, den sie im Handbuch gefunden hatte.

Camillas Kiefer schlossen sich so plötzlich, dass ihre Zähne laut aufeinanderschlugen. Aus dem Nichts erschien ein schwarzer Faden, der die Lippen der Zauberin wie von Geisterhand in Windeseile zuschnürte. In ihren Augen spiegelte sich das blanke Entsetzen. Sie war stumm! Aus ihrer Kehle kam nichts als ein ohnmächtiges Gurgeln. Sie machte ihren Soldaten ein Zeichen, bevor sie Aristobül die Sporen gab und an die Spitze des Heeres vorpreschte.

Lilli, die fast ein bisschen verblüfft war, dass der Zauberspruch tatsächlich gewirkt hatte, freute sich diebisch.

Offenbar war sie gar nicht so unbegabt … Allerdings würde es bestimmt nicht allzu lange dauern, bis Camilla einen Gegenzauber gefunden hatte. Sie musste die Zeit nutzen und noch möglichst viele Drachen befreien.

Nachdem Gedeon erneut so dicht wie möglich an die verzauberten Drachen herangeflogen war, begann sie, eine fröhliche Melodie zu spielen, und sah glücklich zu, wie ihre Freunde nach und nach erwachten. Einer nach dem anderen bäumte sich auf und warf seinen Reiter ab. Lilli beobachtete erstaunt, dass alle Soldaten mit Fallschirmen ausgerüstet waren, die langsam in die Tiefe schwebten und aussahen wie riesengroße rote Pilze.

Alles verlief nach Plan und so hatte Lilli bald an die hundert Drachen befreit. Plötzlich bemerkte das Mädchen voller Schreck, dass ein ganzes Drachenregiment auf sie zugeflogen kam, das mit Kanonen bewaffnet war. Camilla hatte ihre Artillerie losgeschickt, um Lilli aufzuhalten!

Bevor sie reagieren konnte, ertönte auch schon ein ohrenbetäubender Knall, und eine dicke Rauchwolke stieg auf. Dann raste eine riesige Kanonenkugel direkt auf die Gruppe zu, in der sich Lilli und Gedeon befanden. Die Drachen stoben voller Panik auseinander und versuchten, sich in Sicherheit zu bringen.

Zebulon fasste sich als Erster wieder. Kurz entschlossen teilte er die Drachen in kleine Gruppen ein, damit sie nicht so leicht zu treffen waren. Binnen weniger Minuten verwandelte sich der Himmel in ein riesiges Schlachtfeld voller

Rauch und Pulverdampf. Ein wahrer Kanonenhagel prasselte auf die Drachen nieder. Es gab zahlreiche Verletzte.

Auf einmal sah Lilli, wie ein leuchtend roter Drache, der eben mit knapper Not einer Salve entkommen war, von der nächsten Kanonenkugel mit voller Wucht an der Flanke getroffen wurde. Er jaulte laut auf und stürzte dann wie ein Stein in die Tiefe.

Lilli war starr vor Entsetzen. Sie hatte mit ansehen müssen, wie ein Drache vor ihren Augen getötet wurde!

Auch Gedeon war erschüttert: »Oh nein! Jetzt gibt es auch noch Tote! Wir müssen unbedingt etwas tun, um ein Gemetzel zu verhindern!«

»Bring mich schnell zu Zebulon!«, schrie Lilli. Ihre Stimme ging im Donnern der Kanonen unter, aber der Drache hatte sie dennoch verstanden und hielt auf den General zu.

»Zebulon!«, schrie Lilli verzweifelt. »Wir können uns doch nicht einfach abschießen lassen! Wir müssen etwas unternehmen!«

Der General sah Lilli traurig an: »Wir sind vor zweihundert Jahren das letzte Mal in eine Schlacht gezogen. Ich muss zugeben, dass wir etwas aus der Übung gekommen sind …«

»Und wie haben die Drachen vor zweihundert Jahren gekämpft?«, fragte Lilli beharrlich.

»Sie haben Feuer gespuckt und ihre Feinde kräftig durchgeschüttelt.«

»Na wunderbar! Dann werden wir das jetzt genauso machen!«, bestimmte Lilli. »Alle mal herhören!«, brüllte sie in die Runde und hatte Mühe, das Getöse der Kanonen zu übertönen.

»Wir bilden jetzt zwei Gruppen. Die eine versucht, die Kanonen zu zerstören. Habt keine Angst, eure verzauberten Freunde zu verletzen, sie sind unverwundbar. Die andere Gruppe stößt die Soldaten vom Rücken der Drachen! Habt ihr verstanden?«

Die Drachen nickten zaghaft.

»Haltet durch, meine Freunde!«, feuerte Gedeon sie an. »Lilli hat recht! Wir dürfen uns Camilla nicht einfach ergeben, wir müssen uns wehren! Seid ihr bereit?«

Die kurze Ansprache ihres Bürgermeisters hatte den Drachen wieder Mut eingeflößt.

»Ja!«, brüllten sie alle. »Wir sind bereit!«

»Dann los!«, befahl Gedeon.

Innerhalb weniger Minuten hatten sich die Drachen in zwei Gruppen aufgeteilt. Der Kanonenhagel war plötzlich eingestellt worden, und das Regiment hatte zum Rückzug geblasen, um sich Camillas Armee wieder anzuschließen.

Die freien Drachen waren den Soldaten zunächst nicht gefolgt, sodass diese völlig überrascht waren, als plötzlich eine Horde Feuer spuckender Ungetüme über sie herfiel.

Sie versuchten so schnell wie möglich, ihre Kanonen nachzuladen. Aber da tauchte auch schon eine zweite Drachengruppe über ihren Köpfen auf. Im Nu waren die Soldaten umzingelt. Unerschrocken warfen sie sich den Angreifern entgegen. Einigen gelang es, die Kanonen nachzuladen und mehrere Salven abzufeuern. Zwei weitere Drachen wurden von den Kugeln getroffen und stürzten in die Tiefe. Blind vor Wut warfen sich die freien Drachen mit ihren scharfen Krallen auf ihre Gegner und spien gewaltige Flammen. Bald hatten sich die bunten und die schwarzen Drachen heillos ineinander verkeilt und lieferten sich einen erbitterten Kampf.

Am Himmel herrschte ohrenbetäubender Lärm. Das Gebrüll der Drachen und das Brausen der Flammen vermischte sich mit dem Donnern der Kanonen. Über den Kämpfenden hingen dicke schwarze Rauchwolken.

Lilli, die das Geschehen gemeinsam mit Gedeon aus sicherer Entfernung beobachtete, war vor Entsetzen wie gelähmt. Bislang hatte sie die Drachen stets als liebenswürdige und friedliche Geschöpfe erlebt, die ihre Flammen höchstens dazu benutzten, eine Kerze anzuzünden oder ein Hähnchen zu braten. Es war ihr unerträglich, mit ansehen zu müssen, wie gewalttätig sie nun aufeinander losgingen.

Doch dann erwachte sie endlich aus ihrer Erstarrung und schluckte den Kloß, der ihr im Hals saß, entschlossen herunter. Sie beriet sich kurz mit Gedeon, der zunächst Bedenken hatte, sich ins Getümmel zu werfen, weil er Lilli nicht in Gefahr bringen wollte. Aber schließlich sah er ein, dass sie keine andere Chance hatten, wenn sie die Schlacht für sich entscheiden wollten.

Er flog so dicht wie möglich unter den Drachen her. Lilli hatte ihre Flöte gezückt und spielte, so laut sie konnte. So gelang es ihr nach und nach, immer mehr Drachen zu erlösen, die sich sogleich aufbäumten und ihrer Reiter entledigten. Es war keine leichte Aufgabe, aber nach einer Weile hatte sie es endlich geschafft, alle Drachen zu befreien, die einander jubelnd um den Hals fielen und ein lautes Siegesgebrüll anstimmten.

Lilli und Gedeon blieb jedoch keine Zeit, ihren Erfolg zu feiern. Sie nahmen unverzüglich die Verfolgung von Camillas Armee wieder auf, die der Erde inzwischen gefährlich nahe gekommen war. Lilli hatte sich dicht an Gedeons Rücken geschmiegt, und der Drache flog pfeilschnell auf die Erde zu. Derweil fragte sie sich, wo Franka bloß so lange blieb. Sie hätte nur zu gern gewusst, was die Freundin vorhatte!

Endlich tauchte vor ihnen am Horizont die Armee wieder auf. Die verzauberten Drachen waren durch ihre starren Panzer sehr unbeweglich und konnten sich bei Weitem nicht so schnell fortbewegen wie Gedeon und seine Freunde. Kurz darauf hatten sie das Heer erreicht, und Lilli begann erneut mit ihrem Flötenspiel.

Es dauerte sehr lange, bis sie einen Drachen erlöst hatten, da sie jeden einzeln anfliegen mussten. Hinzu kam, dass Camilla ihren Soldaten den Befehl erteilt hatte, mit der Armbrust auf die Angreifer zu schießen. Gedeon musste ständig den Pfeilen ausweichen, die an ihnen vorbeisurrten und sie nur um Haaresbreite verfehlten. Er flog im Zick-Zack-Kurs auf und ab, sodass es jedes Mal eine halbe Ewigkeit dauerte, bis sie einem Drachen so nahe kamen, dass Lilli ihn erlösen konnte.

Seltsamerweise war von Camilla weit und breit nichts zu sehen. Das Mädchen nahm an, dass es der Zauberin bislang nicht gelungen war, sich von dem Fluch zu befreien. Wahrscheinlich hatte sie genug damit zu tun, ihre Truppen mittels Handzeichen zu befehligen.

Sie hatten die Erde nun erreicht und flogen in großer Höhe über das Meer dahin. Plötzlich tauchte unter ihnen ein Schatten auf, der wie ein riesenhafter Vogel aussah. Er stieg senkrecht in die Höhe und bewegte sich direkt auf sie zu! Lilli erschrak, als sie erkannte, dass es ein Drache war. Hatte Camilla in der Zwischenzeit einen Gegenzauber gefunden und kam nun zurück, um sie erneut anzugreifen?

Auf einmal erkannte sie erleichtert, dass es Theodül war. Auf seinem Rücken saß Franka, die triumphierend einen großen Gegenstand über ihrem Kopf hin und her schwenkte.

Gedeon, der die beiden beobachtet hatte, war einen Moment lang abgelenkt gewesen und hatte daher den Pfeil nicht gesehen, der zielsicher auf ihn abgefeuert worden war. Das Geschoss durchbohrte seinen rechten Flügel und blieb darin stecken. Der Drache jaulte vor Schmerz laut auf und geriet gefährlich ins Trudeln.

Auf einmal ertönte in der Nähe ein hämisches Lachen.

Lilli wandte sich um und wurde leichenblass: Vindini flog auf einem verzauberten Drachen vorüber und hielt seine Armbrust schussbereit im Anschlag. Sein Bärtchen flatterte im Wind, und auf seinen Lippen lag ein grausames Lächeln. Doch statt das Mädchen weiter anzugreifen, gab er seinem Drachen die Sporen und flog davon.

Lilli wurde angst und bang: Offenbar wollte der schmierige Zauberer Camilla zu Hilfe eilen. Hoffentlich würde er den passenden Gegenzauber nicht so schnell finden …

»Gedeon, was ist mit dir?«, fragte Lilli besorgt, als sie merkte, dass ihr Freund mehr und mehr an Höhe verlor. Der Pfeil steckte noch immer in seinem Flügel, und aus der Wunde tropfte grünes Blut.

»Mit meinem verletzten Flügel kann ich mich nicht mehr lange halten! Du musst mit Theodül weiterfliegen.«

»Nein, Gedeon, ich lasse dich nicht im Stich!«

»Du darfst jetzt keine Rücksicht auf mich nehmen, Lilli!«, keuchte der Drache. »Du musst weiterkämpfen und die anderen befreien! Uns bleibt nicht mehr viel Zeit.«

Lillis Augen füllten sich mit Tränen.

»Aber was wirst du tun?«

»Ich schaffe es schon irgendwie! Falls du Mimibel findest, sag ihr, dass ich sie vermisse.«

Lilli beugte sich hinunter und drückte Gedeon zum Abschied einen Kuss auf seinen schillernden Schuppenpanzer.

»Viel Glück!«, flüsterte ihr der Drache zu. Dann flog Theodül so nahe an ihn heran, dass Lilli auf seinen Rücken hinüberwechseln konnte. Allmählich bekam sie Übung darin! Gedeon winkte noch einmal und sank in die Tiefe hinab.

»Gedeon!«, schrie Lilli verzweifelt.

»Keine Angst, er wird es schon schaffen«, beruhigte sie Theodül. »Gedeon ist jung und kräftig, so schnell lässt er sich nicht unterkriegen.«

Lilli versuchte, ihre Tränen herunterzuschlucken. Sie war nicht so recht überzeugt, aber sie musste sich zusammenreißen und Camilla ausfindig machen.

»Franka, wie gut, dass du zurück bist!«, brachte sie mit zittriger Stimme hervor. »Was hast du denn da mitgebracht?«

Auch die Freundin kämpfte mit den Tränen. Sie zog geräuschvoll die Nase hoch und hielt ein riesiges Megafon in die Höhe.

»Das gehört meinem Vater«, erwiderte sie. »Er nimmt es immer mit zu seinen Fußballspielen. Weißt du, er ist Chef des Fanclubs, und wenn seine Mannschaft spielt, schreit er immer hier rein, um die Spieler anzufeuern. Damit können wir bestimmt den Ton der Flöte verstärken!«

»Das ist mal wieder eine Superidee von dir, Franka!«, rief Lilli beeindruckt. »Jetzt werden wir es Camilla und ihrem Vindini so richtig zeigen!«

Theodül nahm sogleich die Verfolgung auf. Unter ihnen glitzerte der weite Ozean in den Strahlen der Abendsonne. Ihnen blieb nicht mehr viel Zeit. Camilla hatte ihr Ziel nun fast erreicht.

13. Kapitel
Die Rettung

Theodül hatte Camillas Armee inzwischen eingeholt, flog jedoch so hoch über den Soldaten, dass sie ihn nicht bemerkten. Unter ihnen lag immer noch der Ozean. Die Umrisse der verzauberten Drachen warfen schwarze Schatten auf die Meeresoberfläche, die im Licht der untergehenden Sonne wie flüssiges Gold glänzte. Am Horizont war schemenhaft ein Küstenstreifen zu erkennen, der allmählich in der hereinbrechenden Dämmerung versank. Viele kleine Lichter funkelten dort, und Lilli stellte sich all die Familien vor, die in ihren Häusern gemütlich beim Abendessen saßen, ohne zu ahnen, dass sie von einer Armee unbesiegbarer Drachen bedroht wurden. Sie dachte wieder an ihre Eltern. Um diese Zeit waren sie sicher längst von der Arbeit zurück und machten sich bestimmt schon schreckliche Sorgen, weil ihre Tochter verschwunden war. Lilli hatte ihnen nicht einmal eine Nachricht hinterlassen.

Die verzauberten Drachen flogen weiterhin in regelmäßigen, geordneten Reihen unter ihnen dahin und hielten exakt den gleichen Abstand zueinander. Sie bildeten eine perfekte Formation.

»Können wir anfangen?«, fragte Lilli aufgeregt.

»Ich bin bereit«, erwiderte Franka und schaltete das Megafon ein. Lilli setzte die Flöte an die Lippen, beugte sich etwas vor und hielt das Instrument direkt vor den eingebauten Lautsprecher.

»Wir sind so weit!«, rief Franka dem Drachen zu.

Theodül hatte nur auf das Startzeichen gewartet und setzte augenblicklich zum Sturzflug an. Lilli begann, auf der Zauberflöte zu spielen. Die zarten Töne wurden durch das Megafon derart verstärkt, dass ihr glasklarer Klang gleich darauf die ganze Luft erfüllte und bis zu den Sternen hinaufzudringen schien.

Lilli war überwältigt von der gewaltigen Lautstärke der Musik. Sie spielte weiter und weiter, während Theodül immer schneller auf die tauben Drachen zusteuerte. Der rasante Sturzflug und die mitreißende Musik begeisterten Franka so sehr, dass sie vor Vergnügen jauchzte.

Die Flötentöne trafen auf die Meeresoberfläche und wurden von dort wieder gen Himmel getragen. Auf einmal ging ein Beben durch die Reihen der verzauberten Drachen, und jeder einzelne begann heftig zu zittern. Ihre harten Panzer bekamen immer mehr Risse, brachen schließlich auf und zerfielen. Eine dunkle Staubwolke senkte sich langsam in die Tiefe und wurde von den Wassermassen des Ozeans verschluckt. In den Strahlen der untergehenden Sonne funkelten die Schuppen der erlösten Drachen in allen Farben des Regenbogens.

Lilli hatte aufgehört zu spielen, und als der letzte Ton verklungen war, breitete sich plötzlich Stille aus. Die Mädchen waren noch völlig überwältigt von dem großartigen Schauspiel, das sie eben beobachtet hatten, und zitterten vor Aufregung am ganzen Körper. Da erhob sich auf einmal ein gewaltiges Getöse, und sie schrien vor Schreck laut auf.

Doch gleich darauf stimmte Theodül ein dröhnendes Freudengebrüll an, und sie erkannten, dass der ohrenbetäubende Lärm vom tausendfachen Jubelgeschrei der befreiten Drachen herrührte.

Auf einmal schossen unzählige Flammen in die Höhe und brachten den Himmel zum Glühen. Als auch noch die Drachengruppe erschien, die Lilli zuerst befreit hatte, war der Jubel grenzenlos.

»Hurra!«, schrie Franka überglücklich. »Wir haben die Drachen befreit! Das ist ja kaum zu fassen! Wenn ich nicht auf Theodüls Rücken säße, würde ich am liebsten einen Freudentanz aufführen!«

»Ja, wir haben es tatsächlich geschafft!« Lillis Wangen glühten und sie strahlte. Allmählich fielen der Druck und die Anspannung der letzten Tage von ihr ab. Sie hatten so vielen Gefahren getrotzt und furchtbare Ängste ausgestanden! Sie atmete tief durch und fühlte sich auf einmal leicht wie eine Feder.

Doch dann fiel ihr plötzlich Aristobül ein. Sie hatte ihn

nirgendwo entdecken können. Und was war mit der Zauberin geschehen?

»Wo sind denn nur Camilla und Aristobül abgeblieben?«, fragte Lilli beunruhigt.

Franka fuhr herum und sah sie erschrocken an: »Oh nein! Sie wird doch hoffentlich nicht entkommen sein?«

Theodüls Miene hatte sich verdüstert, und er sagte ernst: »Wir müssen uns sofort auf den Weg machen, um sie zu suchen!«

Er ließ eine Flamme aus seinen Nüstern steigen und flog auf die bunte Schar der befreiten Drachen zu, die ihr Glück kaum fassen konnten. Sie fielen einander immer wieder um den Hals, klopften sich gegenseitig auf die Schultern und waren außer sich vor Freude, ihre Freunde und Verwandten wiedergefunden zu haben. Die Kunde von Camillas neuerlichen Untaten war mittlerweile in aller Munde, und die Drachen hatten das Gefühl, aus einem bösen Traum erwacht zu sein. War das eine Wonne, die Musik des Lebens endlich wieder zu hören!

Die schweren Waffen und Kanonen hatten sie schon längst im Meer versenkt. Nun halfen sie einander dabei, Sättel und Zaumzeug abzuschütteln.

Camillas Soldaten waren indes allesamt abgeworfen worden. Sie ruderten hilflos im Wasser herum und versuchten, sich ihrer Fallschirme und Rüstungen zu entledigen. Die Mädchen konnten ihren Augen kaum trauen, denn auf einmal verschwand einer nach dem anderen wie durch

Zauberhand. Nach wenigen Sekunden war der Spuk vorbei.

»Wo sind sie denn auf einmal alle hin?«, fragte Lilli fassungslos.

»Diese Soldaten waren keine Wesen aus Fleisch und Blut«, erwiderte Theodül. »Camilla hatte sie durch einen Zauber erschaffen. Nun haben wir sie besiegt und damit ihre Macht und auch den Zauber gebrochen.«

Die meisten Drachen hatten Lilli und Franka noch nie gesehen. Ein erstauntes Raunen ging durch die Menge, und unzählige Augenpaare waren auf die Mädchen gerichtet, als sie auf dem Rücken des alten Drachen vorüberflogen. Plötzlich ertönte ein freudiger Schrei: »Lilli! Das ist ja wunderbar! Du hast es also geschafft!«

Das Mädchen reckte den Kopf und versuchte den Drachen, der sie gerufen hatte, in der Menge auszumachen.

»Mimibel!«, rief sie auf einmal, als sie die malvenfarbene Drachendame entdeckte, die auf sie zugeflogen kam.

»Ich freu mich so, dich zu sehen! Darf ich dir Theodül und Franka vorstellen, sie haben mir geholfen, euch zu befreien! Ohne die beiden hätte ich es nie geschafft!«

»Theodül?«, fragte Mimibel erstaunt. »Aber … ich dachte, er wäre schon lange tot. So steht es jedenfalls in den Geschichtsbüchern …«

»Er war die ganze Zeit über in Camillas Verlies gefangen«, erklärte Franka, die ahnte, wie schwer ihrem Freund ums Herz sein musste, hatte er sich doch seit so vielen Jahrhunderten vor den anderen Drachen versteckt, aus Angst, sie würden ihn verstoßen!

Theodül lächelte schüchtern. »Ich hatte gehofft, ihr würdet mir vielleicht verzeihen, wenn ich den Mädchen helfe …«

Er brach ab und senkte traurig den Blick.

Mimibel ergriff seine runzlige Klaue und sagte feierlich: »Im Namen aller Drachen danke ich dir, Theodül! Jetzt werden wir die Geschichtsbücher wohl korrigieren müssen.«

Die Menge applaudierte begeistert, und dem alten Drachen stiegen Tränen der Rührung in die Augen.

Als wieder Ruhe eingekehrt war, fragte Lilli besorgt: »Wisst ihr, was aus Camilla und Aristobül geworden ist?«

Die versammelten Drachen schüttelten betroffen die Köpfe. Von der Zauberin fehlte jede Spur.

»Oh nein!«, stöhnte Lilli verzweifelt. »Sie ist uns entkommen!«

Das war wirklich eine Katastrophe! Obwohl der Plan der Zauberin diesmal gescheitert war, konnte sie jederzeit einen neuen aushecken. Das Abenteuer war noch nicht ausgestanden …

»Ich gratuliere, Lilli!«, flüsterte auf einmal eine Stimme hinter ihr.

Sie fuhr erschrocken herum und erblickte den Bürgermeister von Schwefelstein. Ein dicker Verband aus Algen bedeckte die Wunde an seinem Flügel, in der der Pfeil gesteckt hatte.

Mimibel stieß einen lauten Jubelschrei aus und fiel ihrem Mann um den Hals.

»Gedeon! Du lebst! Was für ein Glück«, riefen die Mädchen wie aus einem Mund.

Dann fragte Lilli mit Blick auf den verbundenen Flügel: »Aber wer hat dich denn gerettet?«

»Na, die Sirenen natürlich! Ich bin im Meer gelandet und habe sie um Hilfe gebeten. Es gibt keine besseren Heilkundler als sie!«

»Du machst dich wohl über uns lustig!« Franka schüttelte amüsiert den Kopf. »Sirenen gibt's doch gar nicht!«

»Aber natürlich!«, mischte sich Mimibel ein. »Warum sollte es sie nicht geben?«

»Stimmt eigentlich!«, überlegte das Mädchen laut. »Drachen und Einhörner gibt's ja auch …«

»Seht mal, da drüben!«, schnaubte Gedeon plötzlich zornig.

Sie fuhren herum und erblickten Camilla, die aus dem Nichts aufgetaucht zu sein schien. Sie thronte auf dem Rücken von Aristobül, der noch immer in seinem undurchdringlichen schwarzen Panzer gefangen war und der Zauberin willenlos gehorchte. Sie war in Begleitung von Vindini, der ebenfalls auf einem verzauberten Drachen ritt.

Camillas Gesicht war weiß vor Zorn, und ihre Augen funkelten hasserfüllt. Offensichtlich war es ihr inzwischen gelungen, sich von Lillis Fluch zu befreien, denn ihre schrille Stimme war weithin zu hören. Sie hielt direkt auf die Schar der freien Drachen zu.

Lilli zog rasch die Flöte hervor und gab Franka ein Zeichen, damit sie sofort einschreiten konnten, falls Camilla versuchen sollte, die Drachen von neuem in ihre Gewalt zu bringen. Die mächtige Drachenschar hatte sich hinter Theodül und den Mädchen versammelt, um sich im richtigen Moment auf die Zauberin zu stürzen.

Camilla kam rasch näher und zischte: »Verflucht sollst du sein, Lilli! Du hast alle meine Pläne zunichtegemacht!«

»Wie schön, das freut mich!«, gab das Mädchen grinsend zurück.

»Wie konntest du nur so dumm sein, dich gegen mich zu stellen? Du hättest eine mächtige Zauberin werden und an meiner Seite herrschen können!« Bei diesen Worten fuhr sich Camilla unwillkürlich an die Lippen. »Begabt bist du ja, das muss man dir lassen!«

»Ich will aber keine mächtige Zauberin werden!« erwiderte Lilli entschieden. »Und schon gar nicht, wenn es dazu dient, Schlechtes zu tun! Ich bin viel lieber ein Mädchen wie alle anderen: Ich möchte in Frieden bei meinen Eltern leben, zur Schule gehen und mit meinen Freunden Spaß haben. Sie sind ein abscheulicher Mensch, und Sie werden für all das büßen, was Sie getan haben! Diesmal werden Sie den Drachen nicht entkommen!«

Camilla verzog das Gesicht zu einem bösen Lächeln.

»Das wollen wir doch mal sehen! Dazu müssen sie mich erst einmal kriegen!«

Sie gab Aristobül die Sporen und rief Vindini, der die ganze Zeit über schweigend zugehört hatte, über die Schulter hinweg zu: »Wir haben noch einen weiten Weg vor uns, mein Bester! Worauf wartest du noch?«

Der Zauberer machte jedoch keine Anstalten, ihr zu folgen, sondern starrte Camilla an, als sähe er sie zum ersten Mal. Dann erwiderte er schneidend: »Meine Teuerste, ich hatte große Hoffnungen in dich gesetzt! Deshalb habe ich dir geholfen, deine Macht und deine Festung zurückzugewinnen, aber du hast nichts Besseres zu tun gehabt, als dich von einem kleinen Mädchen hereinlegen zu lassen, das noch nicht einmal zu meinen besten Schülerinnen gehört. Ich fürchte, unsere Zusammenarbeit ist damit beendet.«

»Eusebius!«, kreischte Camilla entsetzt. »Du kannst mich doch nicht einfach im Stich lassen! Wir müssen zusammenhalten und einen neuen Plan schmieden! Ich werde dich bestimmt nicht wieder enttäuschen!«

Aber Vindini schenkte ihr schon keine Beachtung mehr. Sein versteinertes Gesicht ließ keine Gefühlsregung erkennen. Mit einer raschen Bewegung hüllte er sich in seinen Umhang. Eine dunkle Rauchwolke stieg aus seinem Kragen, die ihn vollständig umgab und vor den Blicken der Drachen verbarg.

»Vorsicht! Er wird uns entkommen!«, schrie Lilli.

Die Drachen wollten sich auf den Zauberer stürzen,

aber sie kamen zu spät. Vindini hatte sich regelrecht in Luft aufgelöst. Zurück blieb nur der verzauberte Drache, auf dessen Rücken er vor wenigen Sekunden noch gesessen hatte.

Camilla hatte das Schauspiel mit offenem Mund beobachtet und schien unfähig, sich zu rühren oder etwas zu sagen. Alle Energie und Willenskraft waren von ihr gewichen, und sie wirkte wie erloschen.

Die Drachen umringten sie drohend. Gedeon löste sich aus der Menge, und seine kraftvolle Stimme dröhnte weithin durch die Nacht: »Camilla, Sie sind verhaftet. Sie werden dem Drachengericht vorgeführt, und unsere Geschworenen werden darüber entscheiden, welche Strafe Sie für Ihre Verbrechen verdienen!«

Dann wandte er sich an Zebulon.

»Führt sie ab!«

Camilla schien gar nicht zu begreifen, was um sie herum geschah, offensichtlich war ihr Geist nun vollends verwirrt. Sie starrte mit glasigen Augen vor sich hin und wehrte sich nicht einmal gegen ihre Festnahme. Der General der Drachenarmee packte sie mit seinen Klauen und setzte sie unsanft auf den Rücken eines anderen Drachen. Dann brachen sie mit der Gefangenen auf nach Schwefelstein.

»So, jetzt ist endlich alles vorbei!«, sagte Gedeon strahlend.

»Nicht ganz«, entgegnete Lilli augenzwinkernd und setzte die Zauberflöte an die Lippen.

Sie spielte ein paar Töne. Aristobül und der Drache, den Vindini zurückgelassen hatte, begannen heftig zu zucken. Ihre schwarzen Panzer brachen entzwei. Sie blinzelten erstaunt und sahen sich verwundert um.

Als Aristobüls Blick auf die Mädchen fiel, fragte er neugierig: »Und, habt ihr es geschafft?«

Statt einer Antwort brachen die anderen Drachen in lautes Jubelgeschrei aus.

14. Kapitel
Zurück auf der Erde

Lilli saß auf Aristobüls Rücken, hatte ihre Wange an seine Schuppen geschmiegt und schlummerte allmählich ein. Sie war überglücklich, dass sie ihren Freund, den sie so lieb gewonnen hatte, aus seiner Erstarrung hatte erlösen können! Endlich war er wieder da!

Nachdem sie Aristobül berichtet hatte, was inzwischen geschehen war, kehrte das gesamte Drachenvolk noch in derselben Nacht glücklich nach Schwefelstein zurück und ließ die Erde hinter sich. Die Menschen ahnten nicht einmal, wie knapp sie einer schrecklichen Katastrophe entgangen waren.

Lilli erwachte am nächsten Morgen unter dem Baldachin eines riesigen Himmelbetts und rieb sich verschlafen die Augen. Dann fiel ihr Blick auf die geblümte Bettdecke und die rosa getünchten Wände – natürlich, sie befand sich im Gästezimmer des Rathauses von Schwefelstein! Rasch sprang sie aus dem Bett, lief ans Fenster und öffnete es. Draußen lachte die Sonne vom strahlend blauen Himmel herunter, und auf dem Marktplatz wimmelte es nur so von

Drachen, die sich angeregt unterhielten und eifrig hin und her liefen. Sie schleppten Tische und Bänke herbei und schmückten den Platz für das Bankett, das am Abend stattfinden sollte. Der Brunnen auf dem Platz plätscherte munter, und die bunt schillernden Drachen sahen in der Morgensonne wunderschön aus. Lilli betrachtete verzückt das friedliche Bild, das sich ihr bot, lauschte den fröhlichen Gesprächen der Drachen und freute sich an ihrem unbeschwerten Lachen.

Dann wusch sie sich eilig und zog sich an. Auf dem Tisch stand ein Teller mit frisch gebackenen Riesenkeksen von Mimibel für sie bereit.

Sie aß schnell einen Happen davon, trank einen Schluck Wasser hinterher und lief nach draußen, um ihre Freunde zu suchen. Vor dem Rathaus traf sie Franka, die schon früh auf den Beinen gewesen war und voller Neugier die verschiedenen Vorbereitungen für das Bankett beobachtete.

»Lilli!«, rief sie und winkte fröhlich. »Schau mal! Sie organisieren zu unseren Ehren ein Fest! Es wird sogar eine Kapelle spielen. Das gab es seit Jahren nicht mehr, weil über die Hälfte der Musiker verschwunden war. Alle sind schrecklich aufgeregt. Und sieh mal hier, diese leckeren Kuchen! Mir läuft schon das Wasser im Mund zusammen!«

Lilli lachte, setzte sich neben ihre Klassenkameradin auf die Bank und legte ihr liebevoll den Arm um die Schultern.

»Weißt du, Franka, ich hätte nie gedacht, dass ich das mal sagen würde, aber ich bin so froh, dass du die ganze

Zeit über bei mir warst! Ohne dich hätte ich das nie geschafft!«

Franka lächelte verschmitzt und erwiderte dann: »Weißt du, Lilli, ich hätte nie gedacht, dass ich das mal sagen würde, aber ich bin so froh, dass du meine Hilfe gebraucht hast. Ohne dich hätte ich dieses verrückte Abenteuer nie erlebt! Ich habe immer geglaubt, wenn man so verträumt ist wie du, macht man sich nur lächerlich und verpasst das Beste vom Leben. Aber jetzt sehe ich vieles mit ganz anderen Augen!«

»Ich auch«, erwiderte Lilli nachdenklich. »Früher hab ich mich vor der Wirklichkeit in meine Träume geflüchtet, weil sie mir so hart und grausam vorkam ... Ich glaub, ich hatte einfach Angst davor. Aber jetzt haben wir in einer fremden Welt so schreckliche Dinge erlebt, dass mir mein altes Leben vorkommt wie ein Kinderspiel.«

Die Mädchen schwiegen gedankenverloren. Nach einer Weile sah Lilli Franka an: »Also, sind wir jetzt Freundinnen?«, fragte sie und streckte ihr die Hand hin.

»Na klar sind wir jetzt Freundinnen!«, rief Franka, ergriff Lillis Hand und drückte sie kräftig. Dann fielen sich die beiden Mädchen lachend in die Arme.

Lilli beobachtete voller Wonne das emsige Treiben auf dem Marktplatz. Die Drachen waren glücklich, zurück in ihrem Dorf zu sein und endlich wieder einmal einen Grund zum Feiern zu haben. Beladen mit bunten Girlanden, Lampions, Luftballons und Tellern voller Köstlichkeiten, liefen sie geschäftig an den Mädchen vorbei, lächelten und winkten ihnen zu. Auf der Rückreise war die Kunde ihrer großen Taten von Drachenohr zu Drachenohr weitergegeben worden, und jetzt wollten alle die kleinen Heldinnen sehen. Ein feuerroter Drache bahnte sich seinen Weg durch die Menge. Er hatte einen riesigen Fotoapparat dabei und machte unentwegt Schnappschüsse, um das zu neuem Leben erwachte Schwefelstein für die Nachwelt festzuhalten.

Die Mädchen saßen immer noch freudestrahlend auf der für sie viel zu großen Bank und baumelten mit den Beinen, als Aristobül sich zu ihnen gesellte. Er war in Begleitung eines leuchtend gelben Drachen mit einem wunderschönen schwarzen Schnurrbart, der ihm bis an den Bauch hinunterreichte.

»Lilli, Franka, darf ich euch meinen Bruder Anatol vorstellen? Er gehörte mit zu den ersten Drachen, die verschwundenen sind. Aber nun sind wir endlich wieder vereint!«

»Wie schön, Aristobül! Ich freue mich sehr für euch!« Lilli hatte sich auf die Bank gestellt und schüttelte die riesige Pranke, die ihr der gelbe Drache hinstreckte.

»Es ist mir eine große Ehre, meine Retterin kennen zu lernen«, sagte Anatol und verbeugte sich leicht. »Ich bin so froh, wieder bei meinem Bruder und meinen Freunden zu sein!«

»Ohne Aristobül hätte ich das nie geschafft, und ohne Franka auch nicht.«

Franka errötete und schüttelte Anatol ebenfalls die Pranke. Sie wollte noch etwas sagen, doch in diesem Moment rief Mimibel nach ihr: »Franka, kommst du bitte mal schnell? Ich möchte dir etwas zeigen!«

»Bin schon unterwegs!« Das Mädchen sprang mit einem Satz von der Bank. »Entschuldigt mich bitte!«

Sie lief zu Mimibel hinüber, die einen großen viereckigen Gegenstand in der Hand hielt, der von einem Tuch verdeckt wurde.

Lilli blieb mit Aristobül und seinem Bruder zurück. Auf einmal kam der Fotograf auf die kleine Gruppe zu und rief: »Ah! Das ist ein wunderschönes Motiv! Bitte alle mal herschauen!«

Lilli, die immer noch auf der Bank stand, legte ihre Arme um die Schultern der beiden Drachen und lächelte in die Kamera.

»Cheeeese!«, sagten alle gleichzeitig.

Es blitzte, und das Foto war im Kasten.

»Aristobül«, begann Lilli etwas später, als Anatol fort gegangen war, um beim Grillen der Hähnchen zu helfen, »es gibt da noch etwas, was mir nicht aus dem Kopf geht.«

»Ich bin ganz Ohr«, erwiderte der Drache und zwinkerte ihr zu.

»Warum habt ihr eigentlich gerade mich ausgewählt und um Hilfe gebeten?«

Aristobül setzte ein geheimnisvolles Lächeln auf.

»Eines Tages, nachdem immer mehr Drachen verschwunden waren und wir schon alle Hoffnung aufgegeben hatten, fand Gedeon auf seinem Schreibtisch im Rathaus einen Umschlag aus altem Pergamentpapier, auf dem in Schönschrift sein Name geschrieben stand. In diesem Umschlag befand sich nichts weiter als ein Foto mit einem handgeschriebenen Namen auf der Rückseite. Da Gedeon weder wusste, wer ihm den Umschlag gesandt hatte, noch, wie er ins Rathaus gelangt war und was es überhaupt damit auf sich hatte, berief er sogleich den Rat ein, um diesem Geheimnis auf den Grund zu gehen.«

Aristobül zog ein Foto hervor und zeigte es dem Mädchen.

Lilli war sprachlos: Das Bild war schon ziemlich alt und hatte abgestoßene Kanten. Seine Farben waren verblasst, aber man konnte deutlich den Marktplatz von Schwefelstein erkennen. Zwischen zwei Drachen, der eine dunkelgrün, der andere leuchtend gelb, stand ein etwa zehnjähriges Mädchen auf einer großen Bank: Sie hatte kastanienbraunes Haar, trug eine runde Brille mit einem gesprungenen Glas und hatte die Arme um die Schultern der beiden Drachen gelegt.

»Aber, das bin ja ich …«, stotterte Lilli verständnislos. »Das Foto ist doch eben erst aufgenommen worden und noch gar nicht entwickelt. Wie ist das möglich?«

»Ich weiß es auch nicht, Lilli. Aber wir haben auf diesem Bild meinen Bruder gesehen, der damals schon seit einer ganzen Weile verschwunden war. Außerdem war ein fremdes Mädchen abgebildet, und wir haben uns natürlich gefragt, wer das sein könnte.«

Aristobül drehte das Foto um und Lilli erkannte ihren eigenen Namen, der in großen, geschwungenen Lettern auf dem vergilbten Karton geschrieben stand. Der Drache räusperte sich und fuhr dann fort:

»Nachdem die Ratsversammlung viele Stunden lang getagt hatte, sind wir zu dem Schluss gekommen, dass dieses Bild wohl die Zukunft zeigen musste. Man sah meinen Bruder, mich selbst und ein fremdes Mädchen, das noch nie in Schwefelstein gewesen war. Wenn dieses Foto in der Vergangenheit aufgenommen worden wäre, hätte ich mich zwangsläufig daran erinnern müssen, nicht wahr? Aber ich hatte dich ja zum damaligen Zeitpunkt noch nie zuvor gesehen. Für dieses Rätsel konnte es unserer Ansicht nach nur eine einzige Erklärung geben: Da Anatol auf dem Bild war, musste es bedeuten, dass die verschwundenen Drachen irgendwann in der Zukunft wieder zurückkehren würden! Und dass jemand uns dabei geholfen hatte, sie zu finden. Das konnte nur das Mädchen auf dem Bild sein, also du, Lilli. Und so war es ja dann auch!«

Lilli kratzte sich nachdenklich am Kinn: »Aber wer hat euch das Foto geschickt?«

»Wir wissen es nicht. Einige glauben, dass es Zaratozzino war, andere sagen, es waren die Einhörner, und wieder andere meinen, dass wir es niemals erfahren werden. Ich denke, es wird wohl ein Geheimnis bleiben.«

In diesem Moment gesellte sich der Drachenfotograf zu ihnen: »Seht mal, hier! Ich habe die Fotos schon entwickelt, und eures ist mir besonders gut gelungen.«

Er reichte Lilli stolz ein Foto. Sie betrachtete es prüfend: Es zeigte die gleiche Szene wie das Bild, das Aristobül immer noch in der Hand hielt. Nur dass ihr Exemplar neu und glänzend war.

»Danke schön!«, sagte Lilli und schluckte. Sie hatte ein merkwürdiges Gefühl im Bauch, ganz so als würde sie des Rätsels Lösung im Grunde schon erahnen, aber dennoch nicht erfassen können.

Doch es blieb ihr keine Zeit, länger darüber nachzudenken, denn inzwischen hatte Gedeon das Bankett eröffnet. Alle Drachen drängten an die Tische, es waren unzählig viele. Lilli erinnerte sich an das letzte Festessen, an dem gerade einmal achtzig Drachen teilgenommen hatten, und sie freute sich, dass jetzt wieder alle vereint waren.

Dann begann das Fest. Eine Drachenband spielte zum Tanz auf. Zahlreiche Drachen strömten zur Mitte des Platzes und bewegten sich rhythmisch im Takt, andere kosteten von den Speisen, die überall auf den Tischen bereitstanden und verlockend dufteten. Franka und Lilli saßen auf den Ehrenplätzen an der Seite des Bürgermeisters. Der Marktplatz war erfüllt von Musik und fröhlichem Gelächter. Schon lange hatte man in Schwefelstein nicht mehr so ausgelassen gefeiert! Nachdem alle gesättigt waren, erhob sich Gedeon und klopfte mit dem Messer gegen sein Glas.

»Liebe Drachen, ich möchte kurz um eure Aufmerksamkeit bitten, damit ich mich gebührend bei unseren kleinen Freundinnen bedanken kann, die uns aus unserer schrecklichen Notlage gerettet haben. Sie haben sich keineswegs damit zufrieden gegeben, das Geheimnis der verschwundenen Drachen zu lüften, nein, sie haben tapfer weitergekämpft, um uns zu befreien und zum Sieg zu führen! Camilla ist endlich wieder hinter Gittern, und wir werden zu verhindern wissen, dass sie uns ein zweites Mal entkommt. Ich bitte um Applaus für Lilli und Franka!«

Die Drachen applaudierten heftig, und von allen Seiten ertönten begeisterte Bravorufe. Lilli und Franka erröteten unter dem tosenden Beifall. Dann hob Gedeon die Klaue, und allmählich kehrte wieder Ruhe ein.

»Zum Dank möchten wir euch die höchste Ehre erweisen, die es in der Welt der Drachen gibt, und unsere Galerie im Rathaus um ein Gemälde erweitern.«

Gedeon holte den großen, viereckigen Gegenstand unter dem Tisch hervor, den Mimibel am Nachmittag bereits Franka gezeigt hatte. Es war ein Gemälde, auf dem Lilli und Franka dargestellt waren, die auf einem Drachen ritten. Die eine spielte Flöte, die andere hielt das Megafon. Unter ihnen waren Hunderte von verzauberten Drachen abgebildet, deren Panzer zu Staub zerfielen.

Lilli hatte Tränen der Rührung in den Augen. Das war wirklich eine unglaublich große Ehre, die ihnen die Drachen hier zuteil werden ließen. Sie war sprachlos. In Zukunft würde dieses Gemälde die Drachen immer an die beiden Mädchen erinnern, die ihnen in höchster Not zu Hilfe geeilt waren.

Franka, die das Bild schon kannte, klatschte begeistert in die Hände und freute sich, dass Lilli so überwältigt war. Plötzlich erhob sich Lilli. Sie war sich noch gar nicht recht im Klaren darüber, wie stark sie sich seit dem Beginn des Abenteuers verändert hatte. Beim letzten Mal war sie nur nach Gedeons Aufforderung von ihrem Platz aufgestanden, war knallrot geworden und hatte kein Wort herausgebracht. Aber jetzt, unter den dröhnenden Bravorufen von Hunderten von Drachen, hatte sie das dringende Bedürfnis, einige Worte zu sagen. Die Drachen verstummten und spitzten erwartungsvoll die Ohren.

»Danke«, sagte Lilli mit vor Rührung bebender Stimme. »Ich danke euch von ganzem Herzen für eure Gastfreundschaft, eure Großzügigkeit und für dieses wundervolle Geschenk! Und natürlich für das Abenteuer, das ich dank euch erleben durfte. Es gab schreckliche, aber auch sehr schöne Momente! Vor allem habe ich viele neue Freunde gefunden. Ich werde euch alle nie vergessen! Trotzdem muss ich nun bald zur Erde zurückkehren. Meine armen Eltern machen sich bestimmt schon große Sorgen.«

»Natürlich, Lilli!«, warf Gedeon verständnisvoll ein. »Aristobül wird euch gleich morgen nach Hause bringen.«

»Aber bevor ich gehe, muss ich euch noch etwas geben«, sagte das Mädchen. Sie holte die Zauberflöte hervor und reichte sie dem Bürgermeister. »Nur mit ihrer Hilfe konnten wir euch befreien! Unsere Waffe war die Musik!«

Kaum hatte sie die Worte ausgesprochen, als die Flöte auf einmal ihre Form zu verändern begann. Sie wurde immer durchsichtiger und schien sich in Lillis Hand aufzulösen, bis auf einmal nur noch Wasser übrig war, das Lilli langsam durch die Finger rann.

»Wird die Wahrheit laut verkündet …«, rief Franka triumphierend. »Die Flöte hat nun ihren Zweck erfüllt und sich wieder in ihr ursprüngliches Element zurückverwandelt!«

Gedeon schloss die Mädchen zum Abschied fest in die Arme und sagte mit feuchten Augen: »Ihr werdet mir fehlen!«

»Du uns auch!«, riefen die beiden wie aus einem Mund.

Aristobül hatte auf dem Rückweg zuerst Franka zu Hause abgesetzt. Die Dämmerung war schon hereingebrochen, sodass er gefahrlos im Garten landen konnte. Franka hatte ihr Elternhaus mit großen Augen angeschaut, als wäre sie eine halbe Ewigkeit fort gewesen. Bestimmt würde sie einen Riesenärger mit ihren Eltern bekommen, weil sie einfach fortgelaufen war … Aber für dieses wunderbare Abenteuer nahm sie das allemal gerne in Kauf.

Allerdings konnte sie sich nicht recht entscheiden, ob sie froh darüber sein sollte, gesund und munter wieder daheim gelandet zu sein, oder traurig, weil nun alles vorüber war und der Alltag begann. Beim Abschied kämpfte sie mit den Tränen. Sie umarmte zuerst den Drachen und fiel dann Lilli um den Hals.

»Ich weiß auch nicht, warum ich mich so aufführe«, jammerte sie und zog die Nase hoch, »schließlich sehen wir uns ja morgen in der Schule!«

Bei diesem Gedanken mussten die drei Freunde im dunklen Garten plötzlich grinsen. Franka winkte ein letztes Mal und schlich sich dann ins Haus.

Als Lilli wieder alleine auf dem Rücken des Drachen saß, hatte auch sie das Gefühl, als wäre eine Ewigkeit vergangen. Inzwischen war es Nacht geworden, und die Stadt lag in völliger Finsternis. Offenbar gab es immer noch keinen Strom. Aristobül setzte sie im Hof ihres Wohnhauses ab. Schweren Herzens kletterte Lilli von seinem Rücken und umarmte ihren Freund zum Abschied.

»Ich hoffe, wir sehen uns eines Tages wieder, Aristobül!«

»Da bin ich mir ganz sicher«, beruhigte sie der Drache und tätschelte ihr liebevoll den Rücken. »Wahre Freunde verlieren sich niemals aus den Augen. Aber in der Zwischenzeit werde ich mich ziemlich einsam fühlen.«

Lilli seufzte tief. »Ich auch. Und ich kann dich nicht mal anrufen.«

»Nein, aber immer wenn du zu den Sternen hochsiehst, wirst du an die Drachen dort oben denken, die dir ihre Freiheit verdanken.«

Lilli schaute zum Himmel hinauf. Nun, da die Stadt im

Dunkeln lag, schienen die Sterne auf einmal viel heller zu leuchten.

»Also dann … bis bald«, sagte Lilli. Und plötzlich hatte sie das sichere Gefühl, die Himmelsinseln eines Tages wiederzusehen.

»Bis bald, Lilli. Pass gut auf dich auf!«

Aristobül gab Lilli zum Abschied einen echten Drachenkuss auf die Stirn und war gleich darauf in den dunklen Himmel aufgestiegen. Ein Rabenschwarm hatte sich gleichzeitig mit dem Drachen erhoben und verbarg ihn vor den neugierigen Blicken der Menschen.

Schweren Herzens schulterte Lilli ihren Rucksack und stapfte langsam die vier Etagen zur Wohnung hinauf. Währenddessen überlegte sie fieberhaft, was für eine Geschichte sie ihren Eltern auftischen sollte, um ihre lange Abwesenheit zu erklären. Aber ihr fiel nichts ein. Schließlich stand sie vor der Wohnungstür und klopfte zaghaft. Ihre Mutter öffnete ihr.

»Lilli! Du bist schon da?«, begrüßte sie ihre Tochter überrascht. Sie wirkte nicht im Geringsten beunruhigt.

»Ähm, ja, wieso?«, stammelte das Mädchen verblüfft.

»Ach, du liebe Zeit! Opa hatte Recht, du siehst tatsächlich etwas mitgenommen aus!«

»Opa?«, fragte Lilli verständnislos und strich sich vorsichtig über ihre Beule am Hinterkopf, die sie sich bei ihrem Abenteuer zugezogen hatte. Dann fiel ihr die kaputte Brille wieder ein.

»Ja, er hat uns angerufen und gesagt, dass du zusammen mit Franka bei ihm übernachten wolltest. Ich glaube, er hat den Namen verwechselt, denn Franka kannst du doch gar nicht leiden, soviel ich weiß. Er hat mir auch erzählt, dass du in seinem Garten auf den Apfelbaum geklettert bist, um die Katze herunterzuholen, und dir dabei ein paar üble Schrammen geholt hast. Tut es noch weh?«

»Äh, nein ...«

Lilli war ganz durcheinander. Warum hatte ihr Großvater diese merkwürdige Geschichte erfunden? Sie musste ihn so bald wie möglich anrufen, um das herauszufinden!

»Gut, mein Schatz. Papa kommt auch bald nach Hause. Wasch dir schnell das Gesicht, wir essen gleich. Und morgen werden wir dein Brillenglas auswechseln lassen!«

Sie gab ihrer Tochter einen flüchtigen Kuss auf die gerötete Wange.

Lilli nickte verwirrt und ging in ihr Zimmer. Hier war alles noch so, wie sie es hinterlassen hatte. Sie zog sich um, schlüpfte in ihre Hausschuhe und wusch sich im Bad Gesicht und Hände. Als sie einen Blick in den Spiegel warf, hatte sie das Gefühl, dass ihr ein fremdes Mädchen entgegenblickte, eine völlig veränderte, neue Lilli, die unglaubliche Taten vollbracht hatte.

Sie hatte eine mächtige Zauberin besiegt und die Erde vor der Vernichtung bewahrt. Sie hatte so vielen Gefahren getrotzt und all ihre Ängste überwunden. Auf ihrem Gesicht, das vom Kerzenschein nur schwach beleuchtet wurde, lag ein entschlossener Zug, den sie nicht kannte: Lilli lächelte und zwinkerte ihrem Spiegelbild zu. Sie wusste um ein sensationelles Geheimnis: Es gab tatsächlich Drachen! Und sie war sich jetzt ganz sicher, dass die Menschen, die Fantasy-Geschichten schrieben, diese selbst erlebt hatten.

»Wenn ich meine Erlebnisse zu einem Roman verarbeiten würde, fände man den sicher total verrückt«, flüsterte Lilli leise.

Dann ging sie in die Küche und setzte sich zu ihrer Mutter. Bald darauf erschien auch Lillis Vater. Er war blendender Laune, weil er eine neue Idee für ein Möbelstück gehabt hatte. Während Lillis Mutter eine köstlich duftende Suppe zubereitete, beschrieb er, was ihm vorschwebte.

»Ihr werdet es nicht glauben, aber es ist ein Sessel, ein Ledersessel, aber mit einer ganz originellen Form: Er wird wie ein Drache aussehen!«

Lilli zuckte zusammen.

»Ich bin sicher, dass es so was Ausgefallenes noch nicht gibt! Das wird garantiert ein Erfolg!«

In nächsten Moment ging plötzlich das Licht an. Der Strom war wieder eingeschaltet worden.

»Na endlich«, seufzte Lillis Mutter erleichtert. »Der Alltag hat uns wieder. Was meint ihr?«

»Scheint so«, erwiderte Lilli und lächelte in sich hinein.

Danksagung

Ich möchte mich für jegliche Hilfe, Unterstützung und für das in mich gesetzte Vertrauen bedanken:
Bei meinen Eltern, die mich stets ermutigten zu schreiben. Bei meiner Mutter, die geduldig meine frühen Texte abgetippt hat, aus denen meine ersten Bücher entstanden sind. Bei meinem Vater, der mir seine fantastische Bibliothek zugänglich gemacht hat. Heute sieht man, was dabei herausgekommen ist!

Bei Radu, für seine Mitarbeit und eindringlichen Worte. Ich hätte keinen besseren »Vater« für Lilli finden können.

Bei der kleinen Gruppe meiner bedingungslosen Anhänger und ersten Kritiker: Ruth, Laurent, Déborah, Wilfried, Karina, Myriam und meinem Bruder Raphael.

Bei Emmanuel, der jahrelang wiederholt hat: »Schreib es fertig, bring es zu Ende, dann wirst du schon sehen!«

Bei Françoise Maingre, meiner Lehrerin, durch die ich mit neun Jahren entdeckt habe, dass ich gerne Geschichten schrieb und auch dafür begabt war.
Bei Pascal Guin, meinem Französischlehrer. Er hat mich ermutigt und mich bei meinem ersten Wettbewerb junger Autoren angemeldet.

Bei Anthony für seine wertvollen Ratschläge.

Inhalt

Für meine wundervollen Eltern, Claudine und Slawek.
Für meinen Sohn Léo. Er ist die Musik meines Lebens.

Die Originalausgabe erschien unter dem Titel:
Lucille et les dragons sourds
bei Éditions Kryos/Frankreich

Für die deutsche Ausgabe:

1. Auflage 2007
Text: Carina Rozenfeld
Übersetzung: Sophia Sonntag
Bilder: Aljoscha Blau
Umschlaggestaltung: Anette Beckmann
Satz: Ilka Linz
Druck: Grafisches Centrum Cuno GmbH & Co. KG, Calbe
ISBN 978-3-939944-07-2
www.tulipan-verlag.de